碧玉の男装香療師は、ふしぎな癒やし術で宮廷医官になりました。

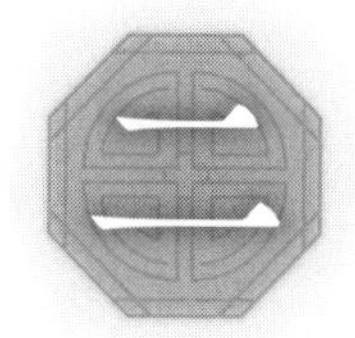

巻村　螢

Illust こずみっく

口絵・本文イラスト
こずみっく

装丁
モンマ蚕（ムシカゴグラフィクス）

目次

Contents

【序章】 005
【第一章・『春』】 029
【第二章・異国のお姫様】 062
【第三章・北の大地で見る希望】 135
【第四章・待つあなたの元へ】 217
【終章】 260
あとがき 295

【序章】

——今、この国は変わろうとしていた。

長年、異国排斥を国の柱としてきた、大陸東の雄『萬華国』。

この度、新たな皇帝の即位をもって、その頑なだった扉の鍵が解かれることとなった。

そのきっかけとなったのは、たった一人の少女——『陽月英』。

少女は黒ばかりの萬華国の中にあって、異色とされる碧い瞳をしていた。

萬華国の外の色を持つ彼女は下民に身をやつし、重い前髪で瞳の色を隠し、名を偽り、性別を隠し、ひっそりと邑の隅で生きてきた。

しかしある日、重すぎる秘密を抱えながらも、誰に助けを請うこともできなかった少女に、一人の男が手を差し伸べた。

その男こそ新たな皇帝となった『華燕明』——その人である。

国を開きたいと願い続けた皇帝と、萬華国において唯一異国を知る少女の出会いは、この国に新たな風を呼び込む。

宮廷医官である『香療師』となった月英は、今日も異国の術である『香療術』で、誰かの心に香りの風を吹かせる。

月英は太医院の奥にある薬草園で、必要な植物を両手いっぱいにむしり、医薬房の隣に建てられた真新しい香療房へと運び込む。

こぢんまりとしているが、香療術に必要とする竈や薬棚、隣には施術室もあつらえられており、文句なしの職場環境である。

檜の板で作られた作業机に、大鍋が置かれた二口竈。その横には、机と同じ素材で作られた作業台がある。

薬棚は、以前、同僚である豪亮達医官が作ってくれたお手製の扉付き薬棚だ。扉の一つ一つに精油の名前が記してあり、誰でも使いやすい仕様になっている。

「今日も～薄荷は～だ～い人気で～」

よく分からない自作の歌をうたいながら、月英は摘んできたばかりの薄荷を鍋の中に投入した。

火が入った竈の上にその鍋を置き、蒸す。

暫くすると鍋の蓋から伸びた管を通って、隣の作業台に用意した玻璃瓶の中に滴がポタリと落ちる。

ポタリ、ポタリ、と落ちる滴を、月英は作業台に顎を置き、顔を横にして眺めていた。ゆっくりと溜まっていく滴を、「遅い」と言わんばかりに月英は唇を尖らせる。

以前までならこの時間は、何だかんだと手伝いに来てくれる医官達と他愛のない会話を楽しむ時間だった。

しかし香療房へと移動になってからは、この時間は暇を持て余すばかりだ。

「香療師……か」

燕明が異国融和策を掲げた政策の第一歩として新設した役職――『香療師』。

それは、月英がここにいることを認められた証しでもある。

初めて与えられた役割に、月英の口元も自ずと緩む。

異国の術である香療術を扱う専門職を設けることで、萬華国のそれまでの医術と区別し、異国のものを受け入れるという姿勢を明確にする狙いがある――とか何とか、燕明が言っていた気がする。

「ま、今のとこ一人ぼっちだけどね」

しかし、この一人きりの空間というのは実にありがたかった。

「ふう、暑っつ……やっぱり、火を使う作業は厳しいな」

月英は、目の前で燃えさかる竈を恨めしそうに一瞥する。

そして今度はキョロキョロと様子を窺うように辺りを見回した。

「……少しくらいなら良いよね」

香療房の周囲に誰もいないことを確認した月英は、おもむろに医官服の胸元を開き、あらわれた幾重にも巻かれたさらしを引っ張り緩めた。

途端に息苦しさが消え、身体の内側は爽快感にみたされる。

息を吸えば、締め付けから解放された肺が目一杯に膨らむのが分かった。

開放的になった胸元に風を送りこむように手で扇ぐと、月英は「あー一人最高」と、だらけた声と一緒に安堵（あんど）の息を天井に向かって呟（つぶや）く。

「女だってことはまだバレちゃ駄目なんだよねえ」

月英が、かつて大罪とされてきた異国の血を持つ者だということは、今や宮廷に勤める者であれば誰もが知るところである。

しかし、月英が『女』であるという点については、皇帝である燕明と、その側近の藩季（はんき）しか知らない重大秘匿事項なのだ。

何せ、宮廷官吏になれるのは男のみである。それは医官でも同じ。

「まあ、女だなんて微塵（みじん）も思われてないだろうけどさ」

それでも、やはり正体がバレてはならないという緊張感の中で、一瞬の気の緩みも許されないのは正直辛い部分もあった。

なので、こうして堂々と息抜きができる場所はありがたい。

「でも、あの賑（にぎ）やかさがないのは、ちょっと寂しいかな」

時には、やはり医薬房の騒がしさが懐かしくなったりもする。

いつもドタバタと忙しさに走り回る医官達。

あっちで「こんなかすり傷で来（く）んじゃねえ！」と医官の怒号が飛び、こっちで「もっと優しくしてー！」と患者の悲鳴が響いていた。

月英の耳の奥でかつての賑やかさが蘇る。

月英が一人作業をしていると、決まって手が空いた誰や彼やがやって来て、手伝うことはないかと聞いてくる医官達。

思い出せば笑みがもれた。

遠くの方からこちらへとやって来る、ドタバタとした足音が聞こえる。

――そうそう、皆こんな感じにうるさくやって来てさあ……。

「おーい月英、いるか？」

「――ぴぎゃあっ！」

まさか聞こえていた足音が現実のものとは思わず、突然房の扉が開けられたことに、月英は地面から跳び上がって驚いた。

入り口に背を向け、慌てて胸元を整える。

「だだだ誰!?　――って、豪亮か」

目を向ければ、ヒョコッと見知った顔――豪亮がこちらを覗いていた。

豪亮は医官とは思えない無駄にガタイの良い身体を揺らしながら、房の中へのしのしと入ってくると「へえ」と、房のあちこちを眺め回す。

「随分と香療房として調ってきたな」

「うん。器具も出したままで良いから、作業もはかどるよ」

今までの医薬房では竈を使うのは月英だけでないため、水蒸気蒸留法で使用する器具などは使う都度組み立てていた。これが中々の手間で、自分だけの竈ができたことが香療房が与えられた一番の恩恵であった。

「それで豪亮、何か用だったの？」

「おお、そうだった。いやさっきよ、お前が房にいなかった時に医薬房の方に患者が来ててな」

「え、じゃあ診に行くよ」

慌てて竈の火を落とし、医薬房の方へと向かおうとする月英。

しかし、豪亮は掌を前に突き出し、月英に待ったをかける。

「いや、忙しいらしくてもう外朝に戻ったんだよ。だから手が空いたら、その官吏の方を訪ねてくれねえかって言いに来たんだ。刑部の翔信って奴だがよ」

「なるほど。つまり、僕は外朝の刑部に行けば良いんだね。症状は何て？」

「腰が痛いんだとよ。まあ多分、湿布だな」

豪亮は肩をすくめ苦笑した。

月英にもその苦笑の意味が良く分かる。

座り仕事が多い官吏達は、いつも肩だの腰だの、身体のどこかしらが痛いと嘆きながら太医院にやって来る。

今までなら医官が飲み薬や按摩で治療をしていたのだが、湿布という方法があると知った途端、そのお手軽さと爽快さから皆、湿布を求めるようになったのだ。

おかげで、今までは我慢して我慢して我慢できなくなった末に重症患者として来ていた者が、ち

ょっと痛いから、という軽症でもよく太医院を訪れるようになっていた。

首、肩、腰が痛いとくれば、ほぼ間違いなく湿布を求めている。

「ったく、俺ら医官の立つ瀬がないぜ」

「へへ、豪亮も疲れたらいつでもやってあげるよ」

月英は薬棚から精油を選び取り、布や水桶など必要な道具を次々と竹籠の中へと入れていく。

「でも、やっぱり最後は医薬房に頼ることになるんだよね。香療術だって万能じゃないし、軽症だって思い込んで来る重症患者のなんと多いことよ」

恐らく、慢性的すぎて痛みに慣れてしまっているのだろう。

官吏達の激務が推し量られる。

「ま、医薬房と香療房二つ合わせて太医院だかんな」

豪亮は自分で言って照れくさいのか、鼻の下を人差し指でこすりながらそっぽを向いていた。

「ねえ、また医術教えてね」

「俺にも精油について教えろよな」

月英が目を細め歯を見せて笑えば、豪亮も目尻を柔らかくして「おう」と月英の頭を撫でた。

月英の顔の半分を隠していた重苦しい前髪は、今はもうない。

この国で唯一の異色――碧い瞳が、春陽をうけた水面のようにキラキラと輝いていた。

「よし」と準備を整え、竹籠を抱えた月英。

しかし、その足は香療房から一歩踏み出したところでピタリと止まる。

「んお？　どうしたよ、月英」

不思議そうに尋ねた豪亮を、ギギギと軋むような動きで月英は見上げた。

「あの……刑部って……どこにありましたっけ」

えへ、と下手くそな愛想笑いを顔に貼り付けた月英に、豪亮は額を押さえ深い溜め息をついた。

「――ったく、医術の前に覚えることはまだ沢山ありそうだな」


結局、月英はちょうど刑部に用があったという春廷と共に、外朝へ行くことになった。

春廷は、よく豪亮と一緒にいるサラサラとした長髪が印象的な医官である。

彼を一言で表わすのなら『たおやかな柳』だろうか。

背丈は豪亮ほどに高いが彼ほど筋肉の厚みはなく、なだらかに垂れた目は彼の物腰優雅な振る舞いと相まって、淑やかな品を醸し出している。

以前から関わりはあったのだが、彼の名が判明したのはつい最近のことだ。

正直なところ、月英は呈太医と豪亮以外の医官達の名を覚えていなかった。最初は、『どうせ三月で別れるし』と覚える気がなかったためである。その上、医官として認められてからは、月英が名を呼ばずとも皆近寄ってくるので名を呼ぶ機会がなく、そのままおざなりにした結果だ。

しかし、房が分かれたことで、名を呼ぶ必然性が出てきてしまったのだ。

月英が『ねえ、何て名なの？』と悪びれずに問えば、額への手刀と共に『春廷よ』との答えが返ってきたのは記憶に新しい。実に痛かった。

思いだし痛みに、額がヒリと疼く。

月英は額をさすりながら、春廷の後をついて外朝の中を進んだ。

すれ違う官吏達は、月英の顔を見るとギョッとした目を向け一瞬動きを止める。

香療師という役職を戴いたその日から一月以上経つが、露わになった月英の碧い瞳にまだ慣れない者は多い。

普段、内朝にある太医院にいて、医官達も普通に接してくれているから月英もつい忘れがちになるが、普通はこの反応だ。

しかし燕明が叙位の儀の場で、はっきりとこの異色を『些細なこと』と言ってくれたこともあり、官吏達の反応は忌避というよりも驚きの色が強い。

——何だか、驚かして回ってるみたいで申し訳ないな……。

月英はなるべく人目に付かないようにと、春廷の背に隠れようとする。が、それは春廷に腕を引っ張られ阻まれてしまった。

「なぁに、隠れようとしてんのよ。別に悪いことしてるわけでもなし、堂々としてなさいな。アンタのそれは美しいんだから、見せびらかすくらいが丁度良いの、よっ！」

「あだっ！」

春廷はふんっと鼻を鳴らし、月英の眉間を細長い指で弾いた。

「ワタシは美しいものが好きなの。そんなに背中を丸めてちゃ美しくないのよね。ワタシの隣に立

つなら背筋を伸ばす！」

今にも古琴をつま弾きそうな繊細な指から放たれた重い一撃に、月英は額を押さえ悶絶する。

「――っ本当、春廷って見た目に似合わず剛力だよね。もうそれ詐欺だよ」

「いやね、剛力だなんて。意外な面があって素敵って言ってほしいものだわ」

そういえば、彼は太医院いちの美容家であった。

美には人一倍うるさい。

月英が太医院に入りたての頃、よく医官達には突っかかられたものなのだが、その理由が彼だけ異質だった。

他の者達が医術が使えないから医官として認められない、という理由だったのに対し、彼は『その鳥に啄まれたようなボサボサ頭は、ワタシの中の美に反するのよ！』と言ってのけたのだ。

本当に医官かどうか疑ったものだ。

それからは毎朝、春廷による医官服や髪の身嗜み検査が行われることとなった。

それは今も続いており、髪を結うのが下手な月英の代わりに春廷が結ってやるのが太医院朝礼前のお決まりの光景である。

「本当、変なところ、こだわりやだよね」

「あら、医官なんて多かれ少なかれ皆こだわりやよ。月英だって香療馬鹿じゃない」

あまりにもさらりと言われたため、暫く馬鹿と言われたことに気付かなかった。

「そういえば、春廷って医術の専門はどこなの？」

「ワタシは大方科。投薬治療の病全般って感じかしら。他にも、薬草園の管理や薬の調合、研究も主にワタシ達ね」

医術と一口に言っても、その内容は多岐にわたる。

医官は皆、基礎的な医術知識があるのはもちろんのこと、その上で『医学十二科』と言われる十二の専門分野に分かれ、それぞれで業務を遂行しているらしい。

ちなみに、豪亮は外傷治療や手術を担う瘡瘍科だと以前聞いた覚えがある。

「按摩科の方が似合いそうなのに」

「あの筋肉馬鹿が按摩したら、軽症患者が重症患者になるわよ」

「それもそっか」

二人は、本人がいないのを良いことに実に失礼なことを口にしていた。

「大方科って言ったけど、春廷はそこを選んだ理由でもあるの？　さすがに十二も科があったら僕なら選ぶのだけで疲れそう」

そうね、と春廷は形の良い顎を綺麗に手入れされた指先で撫でる。

「どんな病でも治したかったから」

「それは医官になった理由じゃなくて？」

「医官になったのは、家が医戸籍だったからよ。父も街医士をやってるし、医官になることはワタシにとって当たり前だったのよ」

「じゃあやっぱり春廷は、小さい頃から『医官になってたくさんの人を救うぞ』って思ってたんだ。

確かに、大方科が一番患者数が多いもんね」

　ふと春廷は視線を落とした。

「それもあるけれど……ワタシは救えなかった時の悔しさを知っていたからよ。二度とあんな思いはしたくないのよ……もう……」

　彼の伏せられた長い睫毛が、下瞼に繊細な影を落としていた。

　記憶の波間に想いを寄せているのか、睫毛が僅かに揺れるたびに影も表情を変え、彼の感情を分かりにくくさせていた。

　突然、質量を増した空気。

　月英も何と返して良いか分からず口を噤んでしまう。

　しかし、春廷の「それよりも……」と言う声で空気は再び軽さを取り戻す。

「アンタ、今度また薬草園をいじったりしたら……ただじゃおかないわよ」

　訂正。軽くはなかった。

　高い位置から見下ろされる眼光の鋭さは、良く研がれた鎌よりも鋭利だ。

「薄荷は駄目よ……アレは……本当アレだけは…………次やったら吊るすわよ」

　目が本気だ。次やったら確実に殺られる。

　事の発端は、月英が薬草園に植わっている薄荷を、別の区画に移したことから始まる。

　薄荷は精油でよく使うというのに、植えてある場所が薬草園の奥と房から少し遠かった。

　そこで、月英はこっそりと房の近くの区画へと薄荷を移植させたのだ。

最初は脇にひっそりと咲いている程度で、これで薄荷を摘みに行くのが楽になった、と喜んでいたのも束の間、薄荷が物凄い勢いで他の植物をもっさり侵略していった。

それを見た時の春廷の様子といったら。

『嫌アアアアア！』と、聞いた者の意識を混濁させるような金切り声を上げながら、取り憑かれたようにブッチブッチと薄荷を引っこ抜いていった。

草むしりなどという柔なものではない。

そこには、親の仇の首を引っこ抜いていると錯覚するほどの、殺伐とした空気が漂っていた。

「あ、あははは、こ、今度からは気を付けるよ」

「笑い事じゃないのよ」

「すみませんでしたっ！」

側頭部を射貫かれんばかりの春廷の眼光の鋭さに、月英は大人しく腰を折った。


外朝の心臓部である三省六部。

近付くにつれ、慌ただしさに拍車が掛かっていく。

「ねえ、何かいつもより慌ただしくない？」

すれ違う官吏達の歩みが、普段の三倍くらいは速く思える。

また外朝全体の雰囲気も、どこか浮き足立っているように感じられた。

「ああ、それならきっと、『狄』からお姫様が輿入れされるからじゃないかしら」

「狄？」

春廷が肩に掛かった長い髪を背中へ払いながら、興味なさそうに答えた。

月英が首を傾げれば、春廷の口からは豪亮と同じ溜め息がもれる。

「まったく……月英は覚えることが山盛りね。狄っていうのは、萬華国に北接している国よ。とは言っても遊牧民だし、国ってよりそこら一帯のことをワタシ達が狄って呼んでいるんだけどね」

「へえ、異国のお姫様の輿入れかあ」

そこで月英はふと思い至る。

「ねえ、誰に輿入れするの？」

「なに言ってんのよ。陛下にきまってるじゃない。陛下の後宮『百華園』の妃になられるのよ」

「なるほど」

そういえば、彼は皇太子の頃より後宮を持っていたんだだか。

そのような気配も噂も、全くなかったからすっかり忘れていた。

どうりで最近は全然姿を見ないなと思っていたところだ。以前なら、三日に一度くらいは太医院周辺で目撃されていたのだが。

月英は空を仰いだ。

季節は、あらゆるものが目覚める初春。

残冬の冷たさを和らげる風が、宮廷内の長い石畳路を駆け抜ける。

清々しい香りが鼻の奥を刺し、胸に僅かな寂寥感を抱かせる。

閉じていたもの達が目を覚まし、寒さに耐えた馴染みのある古い殻を脱ぎ捨て、新たな命を芽吹かせはじめていた。

「陛下は今頃、藩季様と一緒にバタバタしてるんだろうな」

視界の端に映る正殿である壮大な央華殿を横目に、月英は彼の者の忙しさに思いを馳せた。

◆◆◆

腰に貼っていた湿布を剥がすと、翔信はぐぐっと腰を反らせて猫のように伸びる。

「おお、助かった助かった！　これでまた仕事ができるよ！」

「それは何よりです」

にこやかに言いながらも、月英は「この仕事中毒者め！」と心の中で毒づいた。

こうして場当たり的な治療にばかり逃げるから、最後は腰を曲げて医薬房の扉を叩くことになるというのに。

「忙しいのは分かりますが、ちゃんとお休みはとってくださいね」

しかし、恐らくそれは無理だろうと分かっていた。

月英は刑部の部屋の中をぐるりと見回す。

どの机の上にも山のような書類が、今にも崩れ落ちそうな危うさで積んである。

次に視線を机の上から下へと向ければ、今度は机の陰から誰かの手足が覗き、ついには「うぅ」という、地を這うような重低音の呻きまで聞こえてくる始末。

「…………僕は何も見てない」

月英はそっと視線を外した。

もしかすると、この惨状の中で生き残っている翔信は、実はとても凄いのではなかろうかと錯覚すら覚える。

ただの仕事中毒者も、最後まで立っていれば偉人に見えてくるから不思議である。

すると、春廷が奥の部屋から戻って来た。用事を終えたのだろう。

「ワタシの方は終わったけど、月英はどう？」

「僕も終わったところだよ」

「お、春廷。悪いね、いつも手伝ってもらって」

春廷の顔を見るなり、翔信は顔の前で両手を合わせていた。

翔信の言葉から、春廷が常日頃、刑部と繋がりを持っていることが窺える。

しかし、裁判や刑罰を司る刑部と、医療を司る太医院にどのような関わりがあるのか。

聞けば、どうやら毒殺案件などでは、どのような薬草を使ったのか証言と一致するかなど太医院で調べるという。

今回、春廷はその調査書を届けに来たという話だった。

「毒とか怖いっ！」

思わず月英の顔も引きつる。

「なに言ってんのよ。昔っから王宮なんか毒殺の宝庫よ」

「そうそう。仕事柄、よく過去の裁判資料を読むけどさ、昔の百華園なんか日常的に毒が横行してたみたいだし」

嫌な宝庫もあったもんだ。

そこで翔信は何かを思い出したように口を丸くして、ポンッと掌を打つ。

「百華園といえば、狄のお姫様が今度輿入れされるよね。確か、春廷の弟って内侍省に勤めてなかったか？」

内侍省は、百華園の管理を一手に請け負う省である。

太医院を除けば、官吏が勤める部省では唯一、内朝の中に職場を置いている。具体的に言うと内朝の中というよりは、後華殿の中と言った方が正しいが。

「あれ、春廷って弟とかいたの？」

「え……えぇ、そうね、五つ下の弟が……ね」

初めて聞く話に、月英は目を瞬かせた。

「五つ下……春廷っていくつだっけ」

「二十五よ。だから、あの子は今ちょうど二十歳かしら」

「へぇ、春廷って豪亮より下だったんだね。豪亮って確か二十六だったよね。春廷の方がはるかに落ち着いてるし、てっきり豪亮より上かと思ってたけど」

「下って言っても一つだけだもの。でも、落ち着いてるだなんて思ってくれてたのね。ふふ、光栄だわ」

春廷の手が月英の頭を撫でた。

撫で方ひとつとっても、豪亮とは天と地ほどに違う。

豪亮の場合、頭を撫でるというのは頭を振り回すということである。撫でられるたびに、いつ首が抜けてしまうかヒヤヒヤしている。

――そういえば僕って、春廷のことはあまり知らないな。

彼の医術の専門分野もつい先程知ったばかりであることを考えれば、無理からぬ話ではあるが。

それにしても、弟の話が出たというのに春廷の様子は芳しくなかった。

普通ならば身内が同じ場所で働いているとなれば、意気揚々と語りはせずとも、世間話でぽろっと出てこないものだろうか。

しかし春廷はぽろっとどころか、それ以上会話を広げる気がないようで気まずそうに視線を床に這わせていた。

だが、その春廷の変化に気付いたのは、月英だけであった。

翔信は椅子の背に身体を大きくもたれさせると、「あーあ」と締まりのない声を出した。

「いいなぁ、春廷の弟は。絢爛華麗、百花繚乱の絶景を毎日見ることができて。俺も今度は内侍省に異動したいな……あ、そうだ！　その医官服とこの官服を交換してくれよ！　医官なら百華園に治療に行くこともあるだろ？　な、一回で良いから頼むよ！　疲れ果てた野郎共の顔なんかもう見たくないんだよ」

両手を合わせて拝んでくる翔信に、月英は腕を組む。

「うーん、肉饅頭一年分くれるなら」

「まず一日あたりの肉饅頭の消費量が分かんないって」

そうは言いつつも、翔信は「一日に一個とすると……」などとブツブツ呟きながら計算していた。

その目は血走っている。

どれだけ女人に飢えているのか。思わず苦笑いがもれた。

「言っとくけどこの子、人の十倍は食べるわよ」

「下っ端官吏の薄給激務なめんなっ！」

春廷の言葉に翔信は指折り数えていた手を開き、わっと顔を覆った。

薄給かは分からないが、激務なのは認めよう。

この死屍累々の職場を見れば、頷かざるを得ない。

月英が苦笑でもって翔信の慟哭を眺めていれば、茶番は終わりだ、とばかりに春廷が手を打った。

「はいはい、冗談はこれくらいにして。それに、そんな簡単に交換なんてできるはずがないでしょ。この医官服はワタシ達の誇りなんだから」

「そ、そうっ！　これは僕達の誇りなんですからね！」

「……月英、アンタ本気で肉饅頭に釣られかけてたでしょ」

春廷からのじっとりとした視線を感じ、月英はサッと顔を伏せる。

「ソソソソンナコト、ナイヨッ！」

そんな肉饅頭一年分くらいで、せっかく手にした香療師の服を簡単に脱ぐわけがない。交渉の卓に着くのは、せめて十年分からだ。

しかし、目の前でさめざめと泣く翔信の姿はあまりにも同情を誘う。

「仕方ないですね。さすがに女人云々は無理ですが、ささやかながら僕から刑部の皆さんに癒やしを贈りますよ」

一旦（いったん）片付けた竹籠（たけかご）を再び開き、素焼きの陶板といくつかの精油瓶を取り出す月英。

「さて、鎮静が強い香りだとこのまま永眠しそうだし……かといって、集中力を上げる香りにすると死ぬまで働きそうで怖いし……」

部屋の惨状を目の端に捉（とら）え、月英はアレでもないコレでもないと、精油を吟味していく。そうして、「コレだ！」と一つの精油瓶を選び取る。

手にした白磁の精油瓶には、『蜜柑（オレンジ）』と書かれていた。

「やっぱり疲労にはコレだよね。皆大好き、蜜柑（オレンジ）の精油！」

陶板に蜜柑（オレンジ）の精油を数滴垂らし、窓辺に置いてやる。

すると春風が吹き込むたびに、部屋の淀（よど）んでいた空気が、さっぱりと爽（さわ）やかなものに書き換えられていく。

「さっきの湿布も良い香りだったけど、この香りも良いな。サッパリしてて頭が軽くなる気分だよ」

「蜜柑（オレンジ）には、心身疲労を癒やす効果がありますからね」

果実が弾けたような瑞々(みずみず)しく甘酸っぱい香りは、頭と一緒に空気すらも軽くしたのだろう。空気すら重いとばかりにあちらこちらで伸びていた死者達が、のそりと起き上がりはじめた。

「蘇生術(そせい)かしら」

「香療術だよ」

蘇生した彼らがのろのろと机に戻っていく光景を、春廷は奇妙なものを見る目で眺めていた。

「翔信殿、これで疲れ果てた野郎の顔は見なくて良くなりましたよ！」

「ただの野郎の顔を見なきゃいけないのは変わらないんだがね」

ははは、と疲れた笑みを漏らしつつも、既に筆をとり書き付けを再開させていた翔信。

やはり立派な仕事中毒者である。

今度からは、訪ねてきても医薬房に回すことにしよう。

「まあまあ、今度、狄のお姫様の入宮式典があるんでしょ。だったら翔信殿も、そのお姫様を見られるんじゃないですか」

「確かにね、それを楽しみとするか」

異国のお姫様とは、一体どのような人なのだろうか。

「やっぱりお姫様っていうと、天女みたいな方ですかねえ……」

「いやいや。狄は狩猟民だし、もしかすると筋肉ムキムキの逞(たくま)しいお姫様かもしれないよ」

彼はそんなお姫様が楽しみだというのか。

「だけどちょっと心配だよな。いきなり異国のお姫様がやって来て、百華園の女達がすんなり受け入れるとは思えないしよ」

もっともな話だ。

月英でさえまだ、宮廷で完全に受け入れられているとは言い難い。

恐らく、狄のお姫様が難無く受け入れられるということもないだろう。

「でも、陛下は異国融和策を唱えてますし、後宮妃達も悪いようにはしないでしょう。それに、こうして翔信殿みたいに異国を理解してくれる人もいますし、きっと大丈夫ですよ。最初はそうでも、お互いを知っていけば分かりあえますって」

「まあね」

月英が翔信に心満意足が滲む笑みを向ければ、彼は頬を掻きながら照れくさそうな笑みを返した。

和やかな空気が満ちる。

しかし、表情を柔らかくしている二人に対し、春廷は一人物憂げに眉を寄せていた。

「分かりあえる……ね」と、ごちながら。

【第一章・『春』】

1

「──っはぁ、月英に会いたい」

「仕事が終わるまではご辛抱を」

いつもの私室にて、燕明は溜め息をついて机に突っ伏していた。

執務机の両側に積まれた書類の山は、一向に底が見える気配もない。減った分だけお構いなしに補充されていく。

疲労を嘆く燕明の声は、まるで日常から潤いを奪われたと言わんばかりにしわがれていた。

「燕明様……」

側で控えていた藩季が、小さくなった燕明の肩を優しく叩く。

「私で我慢してください」

「できるはずがないだろう⁉　お前を月英と同列になど、おこがましすぎるわ！」

「え、私の存在は唯一無二で誰の代わりにもならないですって⁉　とんだ光栄です」

「とんだ誤変換だよ。その耳はどうなっているんだ」

どうして藩季と話していると、こうも気持ちが殺伐としてくるのだろうか。側近としての素質がなさすぎると思う。

勢いでもたげた頭を、燕明は再びの溜め息と共に緩く振った。

長い髪が机の上に乱れ落ち、書類の文字を隠す。

「ただでさえ頭が痛いというのに、お前は全く……わざと悪化させにきているだろう」

燕明はこめかみを指で揉みながら、本日三度目となる溜め息を漏らした。吐き出された息には憂いと疲労が色濃く滲んでいる。

眉間の皺は日に日に数と深度を増し、『萬華国の至宝』との異名に陰りを見せていた。

それもこれも原因は、今、目下で燕明の髪が隠している書類の内容にある。

艶やかな黒髪が書類の上でわだかまり、上手い具合に見たくもない内容を隠してくれているのだが、見えないからといって見なかったことにはできない。

書類は、数日前に内侍省から届いた報告書であった。

「……また狸になりそうだ」

「それは困りますね。せっかく月英殿の努力で消えたというのに。再び狸に化けられては、月英殿も悲しまれて匙を投げてしまうかもしれませんよ」

「確かに、月英の努力は無駄にしたくないな」

燕明は、むうと難しい表情で口を歪めた。

「その報告書ですが……内容は確か『亞妃様のご様子について報告いたします。日に日に芙蓉宮から出られることも減り、今では一日中籠もられております。食も細く、顔色も悪いご様子。しかし侍女長が何を聞いても、亜妃様は大丈夫と言うのみ。病の懸念がございますので、呈太医の診察をお願いしたく存じます』――でしたか」

せっかく隠れていた報告書の内容を藩季が一言一句誤らずに述べてみせれば、燕明の眉間はますます険しくなる。

つまりは、亜妃の様子がおかしいという報告であった。

『亜妃』――それは先日、狄から輿入れした姫に与えられた、百華園での妃称である。

萬華国に北接して広がる、荒涼とした大地を持つ狄。

その風土故に定住は向かず、狄の民は邑という概念を持たない。彼らは邑の代わりに部族ごとにまとまり、遊牧して生活していると聞く。

また、部族にもいくつかの派閥が存在する。

亜妃はその派閥群の中でも最大勢力を誇る派閥――『琅牙族』の族長であり同時に全部族の長でもある『烏牙石耶』の娘であった。

「藩季、亜妃が入宮してからどれくらい経つ」

「今日で一週間ですね」

「一週間……」と、燕明が苦々しい顔で呻いた時である。

部屋の外から声が掛けられ、入室の許可を待って小さな老人が入ってきたのは。

「呈太医、今日の亜妃の様子はどうだった」

老人の挨拶もそこそこに、燕明は待っていたとばかりに上体を前のめりにして早速に尋ねた。

しかし小さな老人——呈太医は、小冠を載せた真っ白な頭を横に振る。

「ここ三日、投薬してみましたが改善の傾向はありませんでした。恐らく、あれは私には治せない類いかと」

「なに⁉　それ程に容態が芳しくないということか」

燕明の声に焦りが滲む。

「いいえ、お身体は至って健康です。食が細くなっているせいで、多少の衰えはありますが、それでも呂内侍や陛下が心配なさっているような病を得ているわけではありません」

呈太医の言葉を聞いて、燕明はあからさまな安堵の息を漏らした。

他国から輿入れしてきた姫を入宮早々に罹患させたとあれば、下手をすると外交問題に発展しかねない。

せっかくの『異国融和策』の前進となり得る事例を、初手でつまずかせるわけにはいかなかった。

「恐れ入りますが、陛下が最後に亜妃様にお会いになったのは？」

「入宮したその日のみだ」

入宮初日、前殿である先華殿で入宮の式典が行われた。

初めて他国より迎え入れる妃ということで、盛大に宴は催され、それは昼から夜半まで続いたものだ。

もちろん、遠路はるばる輿に揺られやって来た亜妃は疲れているだろうからと、途中で離席させた。燕明自ら、亜妃の百華園での新たな住まい『芙蓉宮』まで見送ったのだが、その時は特に体調を崩しているようには見受けられなかった。

その後、燕明は入宮に際した諸々の処理や、各方面からの意見書への答申などで急に忙しくなり再び訪ねる機会を逸してしまった。

そしてようやく落ち着き、そろそろ亜妃を訪ねなければと思っていたところで例の内侍省からの報告書である。

亜妃に病の懸念があるため、原因が分かるまでは燕明の百華園の立ち入りは禁じられた。

おかげで初日以降、燕明は亜妃の顔すら見ていない。

「初夜だというのに、百華園から燕明様が戻って来る姿を目撃した時は驚きましたね。太陽が昇らない朝が来るとは、と天変地異まで疑いましたよ」

「ゆっくり休ませるためだ。側近なら天変地異を疑う前に俺の優しさに思い至れよ」

「はは、燕明様の場合、天変地異の他の候補は『不能だったのか』ですよ」

「よし、首を差し出せ藩季」

無礼千万極まりない。

東覇の皇帝に、ここまで下品な物言いができる者など彼くらいだろう。

握った拳を机の上で震わせている燕明をよそに、藩季はいつもと変わらず飄々として隣で直立している。

品があるとも言える藩季の線の細い顔貌は、燕明には小賢しい狐のようにしか見えない。

「……皆この顔に騙されているんだ」

「他人を誑かせるほどの美しい容姿だとお認めいただき、至高にございます」

「お前の耳はどうなっているんだ。ちょうど良いから呈太医に診てもらえ」

しかし燕明が目で呈太医に訴えるも、呈太医は「ほほ」とまろやかに笑うばかり。

彼が笑いに肩を揺らすたび、太医院の長である証し——黒襟の金刺繍がキラキラと輝く。

「いつ見ても、お二人は本当に昔から仲がよろしいことで」

「これを見て仲が良いはおかしいだろ」

しかし、燕明の批難めいた言葉を聞いてもやはり呈太医は、春陽のような笑みを湛えるだけ。

分が悪すぎることを悟った燕明は、脱線した話題を机に拳を落とすことで強引に引き戻す。

「で、だ！　俺のことはどうでもいい。問題は亞妃だ、亞妃！　病でないとなると原因は何だというのだ⁉」

呈太医は笑みを収めると、藩季よりも幾分か目尻の下がった狐目を開いた。

瞼の奥から現れた瞳に、険しさが光った。

「私は最初、亞妃様は慣れぬ風土に体調を崩されたのだと思っておりました」

「ああ、俺もそう思っていた」

狄と萬華国の違いは、単純に国が違うというものではない。

国のありようもそうだが、風土というものがまるで異なっている。家屋も、口にするものも、身に纏う衣の素材ですら異なり、同じものを探す方が難しいほどだ。

燕明も朝貢にやって来る狄の者達を見たことがあるが、毛皮を纏い弓を背負い歩く堂々たる姿には何度も息をのんだものだ。

隣でもこれ程に違うのかと。

「『最初』ということは、呈太医は亜妃様の病の原因が分かったのでしょうか」

呈太医は重々しく一度だけ頷き、口を開く。

「あれは、恐らく心からくるもの——心の病とでも申しましょうか」

燕明と藩季は顔を見合わせ、首を傾げた。

「心の病？　気鬱とはまた違うのか？」

「気鬱は、体内の『気・血・水』が乱れ、不調をきたした状態です。気血水の乱れは、いつでも誰にでも起こりえます。よく何となく今日は調子が出ない、何となく身体が重い、などと思うことはありませんか」

呈太医に手を向けられると、二人は思案に視線を宙へと泳がせ「確かに」と頷く。

「それは活力が低下していたり、血が不足していたり、津液が滞っていたりと、はっきりとした原因があるものなのです。私達、太医院はこれに対応する術を持っていますから、投薬などで比較的容易に治療可能です」

さすがは萬華国の医術の粋である太医院だと、燕明が口を縦に開けた時だった。

呈太医が、「しかし」と先ほどまでの誇らしげな雰囲気を一変させる。

「心の病は、気血水の問題とは別物なのです。亜妃様は心に何かを抱えているのでございます。その何かには薬など届きませぬ。原因が分かればまだ手も打てましょうが、まずその原因を仰ってくださるかどうか……」

「命に関わる病でなくて良かったと安心したのも束の間、これではより難題と化しただけではないか」

燕明はくしゃりと前髪を握り、本日もはや何度目かも分からぬ溜め息をついた。

これではこちらまで気が滅入ってきそうだ。

亜妃が自らその原因を喋ってくれる可能性は薄いだろう。内侍省からの報告書には、大丈夫と言うばかりと書いてあるのだから。

「ならば、俺が一度話を聞きに…………いや……」

亜妃の侍女は、燕明自らが選んだ。

異国融和策に抵抗を持たぬ者の中から、特に分別のある者をと。

だから彼女達が異国の者だからと亜妃を粗末に扱ったり、忌避したりすることはないだろう。恐らく、他の妃達同様に丁寧に接してくれているはずだ。

それにもかかわらず亜妃の口が頑なであるのなら、初日に顔を合わせただけの燕明など、口を開くどころか、目すら合わせてもらえないかもしれない。

「呈太医、何か方法はないものか」

燕明は縋るような目を、呈太医へ向ける。

外交問題もそうだが、それよりも燕明は単純に亜妃が心配であった。

開国したばかりの未知とも言えるような国に、一人で嫁いできてくれたのだ。このまま、病でなかったのなら良かった、で済ませて良いわけがなかった。

「亞妃の心の病を、どうにかしてやりたいものだが……」

「ほほっ、心の問題ならば彼に頼るのがよろしいでしょう」

「ん？　彼……？」

「おや、もうお忘れですか？　陽香療師ですよ」

途端に燕明の顔が引きつった。

「――っああ、げ、月英な！　そうそう、彼だ彼！　彼な！」

不自然なほどに『彼』を強調する燕明に、横から据わった目を向ける藩季。

燕明は口端を引きつらせ、無駄に大きな空笑いをしていた。

危なかった。

そういえば、月英が女と知るのは、自分と隣の狐男のみだということをすっかり忘れていた。

二人の間では月英のことはしっかり『彼女』として認識されているため、うっかり流れで他の者にも接してしまうところだった。

宮廷ではまだ女性官吏は認められておらず、月英の性は隠すべきものである。

幸い、呈太医は燕明のおかしな態度は気にならなかったらしい。

好々爺よろしく、にこにこと我が子を誇らしく思う親のような表情を浮かべていた。

彼の様子から、太医院でも月英が可愛がられていることが窺える。

「月英は、もう立派に太医院の一員なのだな」

「ええ、まさに陽香療師は我が太医院の薬ですよ。彼が来てからというもの、随分と賑やかで退屈知らずですね。その上、彼の持ち込んだ新たな術は、他の医官達にも良い刺激となったようで、『自分こそは』と肩肘張っていた者達が、今一度医術を振り返る良い機会となりました」

「それは良かった」

呈太医の慈愛の眼差しを受け、燕明の目元も自然と柔らかくなる。まるで自分のことを褒められたようで、燕明は少々誇らしい気持ちになった。

しかし、なぜか隣の藩季からは嫉妬だろう気がヒシヒシと漏れ出ている。

誰に嫉妬しているのか。年の差を考えれば、呈太医と月英など爺と孫だというのに。

右半身に受ける藩季の禍々しい気に耐えかねた燕明が「安心しろ、父親はお前だ」と小声で囁いてやれば、たちまち藩季の様子は晴れやかなものとなる。

なんだこいつ。これが世に言う親馬鹿というものか。

長らくの側近が初めて見せる姿に、燕明は人の本性の奥深さを知った。

「では、分かった。月英には俺から用件を伝えるとするよ」

「きっと陽香療師ならば、亜妃様の心に寄り添えるでしょう」

呈太医は来た時と同じように既に曲がり始めている腰を深く折り、部屋を去っていった。

扉がパタンと音を立てて閉まると同時に、燕明は「さて！」と実にイキイキとした声を上げた。

彼が何をそんなに浮かれているのか手に取るように分かる藩季は、口端を緩くつり上げながら、燕明の背後へと回る。

藩季は、机のあちらこちらに散らばっていた燕明の長い髪を手に取り、懐から出した櫛で丁寧に梳いていく。細く柔らかな燕明の黒髪は、藩季の手技によりあっという間に纏められた。

光を受けて銀色に輝く正絹の如し髪束が背中に流れ落ちる様は、黒い羽織も相まってまるで天の川のように見事である。

「仕方ない……実に、仕方ない！　仕事ならば、これは会わねばならんからな！」

藩季の手が髪から離れれば、燕明は肩口に垂れた髪を払い椅子から立ち上がった。

その顔は、新しい玩具を買いに行く童のように輝いている。

一刻前まで頭を抱えていた者とは思えない、実に堂々とした佇まいであった。

「さあ行くぞ、藩季！」

分かりやすい自分の主に思わず藩季も唇に笑みを置く。

萬華国の至宝と名高い、今上皇帝である燕明。

その美しさを遺憾なく発揮した威容をふりかざし、彼は足を太医院へと向けた。

行き先は医薬房ではなく、たった一人のために新たに造られた場所だ。

2

月英は藩季の背にしがみ付くようにして隠れた。

それもこれも、久しぶりに姿を現した燕明が開口一番に「月英には百華園へ行ってもらう」とのたまったからである。

「藩季様……皇帝ってのは、他人の花を無理矢理むしれるほど偉いんですか」

「『彼の者が魚と言えば鳥も鱗を纏う』と言われるほどに皇帝は偉いですが、燕明様は例外ですね。偉くありませんから無視して良いですよ」

「国一番に偉いんだが？」

藩季の肩口から碧い目だけを覗かせ、じーっと見つめてくる月英の姿は正直可愛い。

腹が立つのが、月英の壁となっている男が月英から見えないのを良いことに汚い笑みを向けてくることだ。

果たして本当に側近なのか。

実は誰かに送りこまれた刺客ではないのか。精神破壊専門の。

気を取り直して、燕明は再び、今度は言葉を間違えないように用件を口にする。

「言葉足らずだった。月英には、百華園にいる後宮妃を治療してもらいたいのだ」

すると誤解が解けたのか、月英は藩季の背から離れその隣に腰を下ろした。

久しぶりに見る月英の姿には、かつての暗さなど微塵もない。

随分と医官服も様になったものだ。早春の芽吹きを思わせる浅葱色が、碧い瞳に良く似合っている。

「治療って言うと不眠とかですか？　それとも後宮妃なら、肌の調子や月のものなどでしょうか」

「ああ、いやそれが原因は分からないんだ」

原因が分からないのに治療とはふしぎな話だ、と月英は首をひねる。

「失礼ですが、呈太医には？」

「既に治療にあたってもらった。が、どうやら医術で治せるものではないらしい。呈太医は心の病だと言っていたが」

「心の病……ですか」

月英は軽く握った拳を口元に寄せ、思案に口の中でその言葉を繰り返す。

「呈太医が月英に頼れと言ったのだが、何か方法はないか」

月英が顔を上げれば、燕明の疲れが色濃く出た渋面が視界に飛び込んできた。

心底困っているだろうことは伝わってくる。だが――

「お力になりたいのは山々ですが、まず僕にはその『心の病』というものがよく分からないんですよ。僕は医術に明るくありませんし、できるのは香療術と少しの簡単な医術のみですから。他に呈太医は何か言ってませんでした？」

「そうさな……確か呈太医は――」

燕明は心の病について、呈太医から聞き及んだことをそのまま月英に伝えた。

一通りの説明を聞き終え、月英は「なるほど」と深く頷き一応の理解を示す。

「つまり、後宮妃が何を気に病んでいるのか、原因を突き止めれば良いんですね」

「そういうことになるな」

「でも、侍女でも呈太医でも無理なのに、僕に打ち明けてくれますかね？」

「そこはほら、香りで気持ちを和らげてやれば。お前の香療術はただ良い香りというだけでなく、心も解きほぐしてくれるだろう。正直、薬なんかよりよっぽど効いたしな」

燕明がしたり顔で己の目元を指でトントン示していた。

かつてそこにあった狸のような濃い隈（くま）は、もう跡形もない。

「それに月英殿は、あのクソ石頭の蔡京玿（さいけいしょう）殿を改心させた手腕をお持ちですからね」

枕詞に棘（とげ）がある気がする。

月英が隣に座る藩季を見遣れば、彼はいつも通り細い目を弧にしていた。

しかし、「今頃（いまごろ）、どうされてますかねぇ」とクスクスと笑う声は、どこか仄暗（ほのぐら）さが混ざっている。

世の中には知らない方が幸せなこともあるだろう、と月英は何も聞かなかったことにした。

「……そ、それで、その後宮妃はどんな方ですか？」

「この間、狄（てき）から輿入（こしい）れした亞妃という後宮妃だ」

月英はポンと手を打った。

「ああ、噂（うわさ）の異国のお姫様ですか！　亞妃様って言うんですね」

月英は、入宮の式典には参加していない。

式典に出席できたのは、五品以上の上級官吏だけだったと聞く。式典のあった日も、呈太医以外の医官達は普通に太医院で官吏達の治療に当たっていた。

よって月英達は、異国の姫の妃称も知らなければ、その姿も知らないのだ。

「俺も入宮した日しか会っていないし、詳しくはまだ分からないが……物静かな姫という印象を受けたな」

「それって、異国の方ですし言葉が通じないとかでは？」

「いえ、それはありませんよ。夷蛮戎狄の周辺四国は独自の言語を持ちはしますが、共通言語として萬華国の言葉も使いますから。姫であれば当然のように話せます」

「なるほど。だとしたら、亜妃様は陛下との結婚が嫌だったとか……」

遠く離れた知らない国に嫁ぐのを嫌がる者も当然いるだろう。

「こら、微妙に傷つく言い方をするな」

「あ、すみません。深い意味はないです」

今度は月英が言葉足らずだったようだ。

素直に謝れば、湿っぽくなった燕明の声もすぐさま元に戻る。

「この輿入れは狄からの申し出だ。元々嫌がっていたのであれば、さすがに自ら娘を後宮妃になどとは言ってこないだろうさ」

「確かにそうですよね。しかし、本人の意思とは関係無く縁談が進むというのも権力者の常ですから。もしかすると、本当に亜妃様の意思に反していたのかもしれませんね。事実、燕明様の後宮にも、燕明様が自ら望まれて入れた妃など、誰一人としていませんから」

「へぇ、権力者の世も世知辛いものなんですね」

結婚など自分とは一生無縁だろうな、と俯きながら、指の爪先に残った薬草の残骸を取り除く月英。その、興味はないと言わんばかりの月英の態度に、「おい」と不機嫌を露わにした声が掛かる。

顔を上げれば、燕明が物言いたげに目を半分にしていた。

「今、藩季がとても重要なことを言ったぞ。ちゃんと聞いていたのか」

はて、どこも重要だと思った部分はなかったのだが。暗号か。はたまた回文か。何か隠されていたのだろうか。

月英は、こてんと小首を傾げる。

「俺が自ら望んで入れた妃は誰一人としていない——と、藩季は言ったんだが」

「…………はあ、そうですね？」

「違うっ‼」

間髪容れず、燕明の否定が房内に響いた。騒がしい。

相変わらず怪訝な表情をするだけの月英に、燕明は「伝わらないッ！」と、もどかしそうに手を戦慄かせている。

その姿を正面で見ていた藩季は、なぜか身体を力ませ小刻みに震えていた。

もしかしたら寒いのかもしれない。確かに春といっても、まだまだ冬の気配も残っている。

「藩季様が一番入り口に近いですもんね。扉、閉めましょうか？」

「んん——ッ……いえ、大丈夫ですよ。お気遣いありがとうございます」

何も飲んでいないというのに、なぜか藩季は盛大にむせていた。いよいよ熱病かもしれない。後で喉に効く精油を持たせよう。

「っ燕明様……も、もう、諦められた方がよろしいかと…………ふッ」

「黙れ藩季、想定の範囲内だ」

とは言いつつも、燕明の瞳は涙ぐんでいる。

燕明は長い深呼吸をすると、意を決したように月英に真剣な眼差しを向けた。

「つまりだな、月英。俺が妻を娶っても、お前は何とも思わんのかと聞いているんだ」

「それは……」

「それは？」

燕明の、耳の奥を優しく撫でるような低い玉音が月英にその先を問う。

前髪に視界が阻まれなくなったことで、新月の夜空を思わせる燕明の黒い瞳は以前よりよく見える。

夜空の中に碧色の星がチラと輝いた。

「後宮の食費は大変だろうなとしか」

「チクショウ！」

燕明は、皇帝らしからぬ掛け声と共に、椅子から転げ落ちんばかりに仰け反った。

天を仰ぐ顔は両手で覆われている。

向かいでは藩季がもはや声にすらならないようで、肩のみならず全身を痙攣させていた。

「頼む、月英！　もう少し！　もう少しだけで良いから……っ！」

もう少し何なのだ。意味が分からない。

思わず燕明を見る月英の目にも憐憫が宿る。

「やめろ！　そんな目で見るな！　目が見えるようになった分、威力が増しているんだ。直に蔑まれると殊更にしんどい！」

「目は口ほどに、と言いますからね」

「追撃するな藩季。お前の主は誰だ」

「おや、ここで言って良いので？」

「追撃するな藩季」

燕明は、花が萎びれるようにヘロヘロと力なく机に突っ伏した。

それは、まるで風に飛ばされた巾がぎりぎりで机の端に引っ掛かっているかのような有様で、座っていただけなのになぜか燕明はずたぼろである。

「藩季様、どうやら陛下はとてもお疲れのようですから、今日はいつもの精油にこれを一滴足してください」

月英は、背後にある薬棚から一つの精油瓶を取り出し、藩季の手の上に置いた。

「これは、なんという精油ですか？」

「種人参です。原料は野良人参という植物の種で、葉や香りは人参と似ていますが、食用じゃないんですよ。少し薬草っぽい匂いがありますが、甘さもあって蜜柑や薫衣草との相性も良いので、ぜひ」

「へえ、そのような人参もあるのですね」

藩季は精油瓶を開けて匂いを嗅いでは、瓶を横や下から物珍しそうに眺めている。

「それで、どのような時に使うものなのですか？」

「情緒不安定」

「フブッ！」

とうとう耐えかねた藩季の口から色々なものが噴き出した。

対して、机に突っ伏していた燕明の顔の下からは「あぁぁ……」と、聞いたら呪われそうなほど不気味な掠れ声が漏れ出ている。

「呪法ならよそでやってください」

「あああぁぁぁぁ……っ」

酷くなった。

◆◆◆

土のような香りの中に、時折甘さが顔を覗かせる。

種人参の芳香が房全体に満ちれば、机に額を付けていた燕明の顔もようやく上向いた。

「効果抜群ですね」と藩季が耳打ちしてきたので、「ここで呪詛られたら堪りませんからね」と返せば、藩季は必死の形相で口を押さえていた。

「それで、その亞妃様の心の病を治療するという役目は分かりましたが、僕って百華園に入って良いんですか？」

一応、男ってことになってますけど、と月英は燕明に尋ねる。

百華園は燕明の後宮であり、内侍省の官吏以外の男は基本的には入れなかったと思うが。

「いや、当然一人で入れることはできんな。俺以外の者が百華園に入る時は、必ず内侍省の官吏を付けなければならない規則になっている」

月英の方を向いていた燕明が、目だけを藩季に向ける。

「呂内侍に連絡しておいてくれ。明日、誰か一人用意してくれと」

「かしこまりました」

藩季の言葉に目で頷いた燕明は、再び月英へと視線を移す。

「そういうわけで早速で悪いんだが、明日から頼む。今日はもう呈太医の診察で疲れているだろうし、あまり亞妃に負担はかけたくないからな」

さらり、とさも当然とばかりに亞妃への気遣いを見せた燕明に、月英はふと頬を緩めた。

「ふふ、やっぱり陛下って優しいですよね」

「いや……と、当然のことだと思うが……」

突然の賛辞に、燕明の視線が落ち着きなく机の上を彷徨う。

「その、当然に異国のお姫様のことを気遣えるって、とても凄いことなんですよ」

萬華国に根付いた異国を忌避する感情の底深さは、月英が一番良く知っている。

しかし、燕明は問題など端からなかったかのように、異国というものに対してまるで態度を変えない。

ただそれが当然のことだとして接してくれる。

それがどれだけ嬉しいことか。

「僕、陛下のそういうとこ好きですよ」

「――――っ！」

とろけたように柔らかに細められた碧い瞳に、燕明は胸元をぎゅうと握り締めた。

月英の瞳の色は、どちらかと言えば宝玉のように硬質的で冷たい印象を抱かせる色である。

しかし今、小さな顔に収まる二つの碧い宝玉は、見る者に蝋燭の灯火に手をかざした時のような、じわりと沁みる温かさを抱かせた。

媚びも、阿りも、諂いもない、純粋な好意が浮かぶ瞳。

それは『皇帝』という、絶対的に全てから一枚隔てられた存在である燕明にとって、信じられないほどに稀有なものであった。

燕明の鼓動の高鳴りなど露知らず、月英は嬉しさを言葉にし続ける。

「陛下が後宮に行かないって噂は聞いていたんで、もしかして後宮妃には冷たいのかなって思ってたんですけど、やっぱりちゃんと亜妃様のことも気遣ってたんですね――ってあれ？　どうしたんです、陛下？」

月英は、きょとんとして燕明に目を向けた。

燕明は限界まで首を回して、月英の視線から顔を逸らしていた。

「……行くぞ、藩季」

唐突に燕明は椅子から腰を上げた。

彼は背を向けたまま、月英を振り返りもせずに外へと爪先を向ける。

「では明日、月英は内侍省を訪ねてくれ。付き添いの内侍官が、亞妃の元まで連れて行ってくれる」

「あ、はい……分かりました」

燕明の声の調子は至って普通なのだが、その間も彼は一度も月英を見ることはなかった。

突然どうしたのかと心配になり、藩季に目を向けるが、藩季は苦笑して肩を竦めるだけである。

燕明は「ではな」との言葉を残し、足早に房を去って行った。

一人残った月英は、その背を見送ると「変な陛下」とぼやいた。

まあ、変は今に始まったことでもないし、きっと急ぎの仕事でも思い出したのだろう。

「そういえば内侍省って、つい最近もどこかで聞いたような……」

月英は眉間に力を入れ、ムムムと唸りながら脳にしまった記憶を探った。

努力の甲斐あって、脳裏に一人の医官が浮かびあがる。

サラサラ黒髪の――

「あっ、そうだ！　春廷の弟だ！」

春廷の弟が確か内侍省に勤めていたはずだ。

もしかすると、明日内侍省に行ったついでに、その弟とやらの姿を拝めるかもしれない。

「異国のお姫様に、春廷の弟かあ……二人共どんな人なんだろ」

新たなる出会いに、月英は心を躍らせながら明日の準備に取り掛かった。


一方、香療房を出た燕明と藩季は、いつもより速めの歩みで私室へと戻っていた。

二人の間には無言が横たわり、冬の間に積もった落葉を踏む乾いた音だけが、互いの存在を確認させている。

先に口を開いたのは藩季だった。

「元々、素直な方でしたからね。月英殿は」

言外に要点を置いて話す藩季を、燕明は無視して歩き続ける。

燕明は額にかいた汗を手の甲で拭い、裾を大きく翻しながら歩いた。火照った身体を冷ますかのように、風を全身に受けながら。

ただ、暫く歩いたところで燕明もようやく口を開く。

「……っあいつは、自分の言葉の意味を分かって言っているのか⁉　あいつは――っ」

燕明は口を手で覆いながら、溜め息をこぼすように呟いた。

「あいつの瞳は………心臓に悪いんだ……っ」

立ち並ぶ、朱色のどの柱よりも鮮やかに色付いた顔で。

3

後華殿の中に据えられた部屋で、呂阡は頭を抱えていた。

気を抜けば、勝手に腹の底からせり上がってきた疲労感が、口から溜め息に変換され垂れ流される。

別に誰かに構ってほしくてこう何度も嘆息しているわけではない。自分に課された問題を考えようとすると、勝手に出てくるのだから仕方がないのだ。

まったく、面倒なことだ。

しかし、予想外に自分の嘆息に興味を示した者がいた。

「あれ、呂内侍どうしたんですか？　そんな鬱々した顔して……人相最悪ですよ」

長官である呂阡に与えられた、内侍省の房と続きになった特別室。

そこへ、開け放っていた扉を一応の体で叩き、入室の許可も待たずに年若の内侍官が入ってくる。

「……一言余計ですよ、春万里」

年若の内侍官——春万里に、呂阡は神経質そうに切れ上がった眼をじろりと向けた。

三白眼なこともあり、呂阡の睥睨は向けられた者に冷や汗をかかせると、官吏達の間でも有名である。

日常的に接する内侍官達ですらその眼差しを恐れ、なるべく呂阡の感情を逆撫でしないようにと

接している。

呂阡が、官吏達の間で秘やかに『氷の内侍』と呼ばれる由縁である。

だというのに、目の前の春万里という男は、汗など決して流れていないであろう涼しい顔をしている。それどころか、呂阡の顔を真正面から眺めて、平然とした笑みすら浮かべていた。

「呂内侍、当ててあげましょうか」

「何をです」

「その溜め息のわけを、ですよ」

呂阡は片口をつり上げ、眉を上げることで是認を示した――『やってみろ』と。

実に挑発的な了承であるが、春万里は少しも怯まない。

品の漂う柔らかな目元をさらに細め、うなじで結われた鳥の尾のような短髪を、楽しそうに揺らしている。

んー、と春万里は腕を抱える。

「そういえば昨日、陛下の側近の方が来られていましたよね。藩季様……でしたっけ？　彼の用件ってのは、恐らく狄のお姫様絡みでしょ。それでその用件がまた、百華園が騒がしくなるようなものだったとか」

呂阡は、肯定の言葉を「はぁ」と溜め息で返した。

「……ただでさえ、異国の姫が入ってきて他の後宮妃達は色めきたっているというのに、これ以上下手に刺激しないでほしいものですがね。実は、今日より呈太医に代わって亞妃様の治療にあの医官が就くそうです」

『あの』と言った時、呂阡の上唇が僅かにめくれ上がったのを、春万里は見逃さなかった。

その表情と、彼が保守的思想の持ち主だということを考慮すれば、『あの医官』というのが誰を示すのかは瞭然であった。

春万里は「ああ」と得心した声を出す。

「太医院に新設された、香療師とかいうやつですね」

「陛下が来ないなら来ないで、後宮妃達は上手く纏まっていたのです。それは誰もが横並びであったからで、自分は誰にも劣っていないという彼女達の高慢な自尊心を崩さなかったためです。しかし今回、それが亜妃様によって崩されそうになった上に、陛下のお気に入りと噂の香療師まで現れる始末」

「ついに百華園にも暗雲が垂れ込めますか」

「暗雲程度で済めば御の字なんですがねえ……」

半年前までその暗雲が垂れ込めていたのは、朝廷だったというのに。

眉間を揉む呂阡の背が丸くなっていくのを、春万里は肩を竦めて見つめた。

同情に薄く吐いた息は、『上の者は大変だな』と言っている。

「一年近くも使っていなかったというのに、急に新たな妃を入れるなどと……」

百華園を見回っている内侍官達からも、百華園の空気がピリついていると何度か報告があった。

「だから、異国融和策など僕は反対だったのですよ」

呂阡は「実に愚かしい」と口を動かさず呟いた。

二人の間でしか聞き取れぬような小声なのは、それが朝廷——ひいては皇帝である燕明批判に繋がるからであろう。

春万里も静かに頷き返すに留める。

「異国が入らずとも、この国は……少なくともここ宮廷は、上手くいっていたのです。変える必要などどこにあるというのか」

「今回のお姫様の輿入れも、やはり異国融和策の一つですか」

「狄からの申し出とは聞いていますが、受け入れたということは、まあそういうことになりますね。陛下はこれで狄に橋を架けると同時に、対外にも『異国を拒まない』という姿勢を示したかったのでしょう」

これまでこの国は、異国の締め出しについて随分と強硬策をとってきた。

いきなり口や書簡で国を開いたと言っても、他国はそれを鵜呑みにはできないだろう。それを思えば、今回のこの亜妃入宮は丁度良い示威行為の機会であった。

「——だってのに、その架け橋になるお姫様があの調子じゃ、その橋もどれくらい保つか……下手すりゃ、狄との関係悪化の可能性もある。わざわざ危ない橋を架ける意味がオレには分かりませんね」

「若さですかね」

変化というものには、多大な気力がいる。

まだ二十三歳という新皇帝は、漲った気力があり余っているのだろう。

「善だろうが悪だろうが構わず進みたい道に一歩を踏み出せる力……眩(まぶ)しいですねえ」

呂阡は、自分の中にはもうその気力がないことを理解していた。

今あるものを維持していくことで手一杯なのだ。それで充分だとも思っている。

ぼやいた呂阡の言葉に、春万里の軽快な笑いが飛ぶ。

「呂内侍は、もう立派な中年ですもんね。すっかり枯れ――」

「お黙りなさい、春万里」

こめかみをひくつかせ、呂阡がピシャリと言い放つ。

春万里は「ヤッベ」と慌てて手で口を塞(ふさ)ぎ、首を竦めた。

実におどけた態度ではあるが、呂阡は春万里のこの氷の内侍を前にしても物怖(ものお)じしない度胸の良さを気に入っていた。

奇妙な経歴を持つ彼が内侍省に配属されたのは、つい一年前――彼が十九歳の時である。

科挙に一発で合格する能力の高さを持ち、しかし勉学一辺倒の頭でっかちというわけでもない。

自分の立ち位置をよく分かっており、人付き合いの機微も弁(わきま)えている。

品階こそまだ九品の『主事(しゅじ)』であるが、彼の頭の良さならば上級官吏である五品の『内給事(ないきゅうじ)』になるのも時間の問題だろう。

呂阡は、春万里を将来の自分の右腕にと、既に目を付けていた。

内侍省は朝廷機関から距離を置いた特殊な省である。

男の身でありながら、女の園である百華園の管理を一任されるという特殊性を帯び、そこに任じられる者には、どのような誘惑にも揺るがない高い自制心と倫理観、強固な精神力が必要とされる。

呂阡はこの省に配属される者は、総じて他の者より高次にある者だと思っている。

更にその長に就いているという呂阡の矜持は、空を渡る鳥よりも高い。

当然、呂阡は部下にも自分と同じものを求める。

「春万里、あなたも随分と若いですが……あなたは、今回の件についてどのように思っているのですか」

呂阡の目がスッと細められる。

その瞳は、まるで氷塊でつくられたかのように冷たく、そして鋭い。

しかしやはり、他の者であれば一瞬にして氷漬けにされたであろう視線を受けても、春万里は平然として正面から呂阡を見つめ返していた。

ただその口元に、先程までの笑みはない。

「オレは無駄なものが嫌いです。役に立たないものなんか、なくなれば良いと思ってる。当然、今回のにも関わりたくありませんね」

淡泊に無感情に言い切った春万里は、呂阡から顔を背けた。

背けられた顔が何を意味するのか読み取ろうと、呂阡はじっと春万里の横顔を眺める。不貞腐れているように映る横顔には、やはり二十歳という年相応の幼さがある。

感情をこうも素直に露わにするところは、まだまだ子供だな、と呂阡は背もたれに身体をあずけた。

「私も、無用な波風を立てるものは嫌いですね」

呂阡は春万里の言葉に理解を示しつつ、「それと」と言って、背もたれから身を起こす。そして机に広がる書類などお構いなしに、上からドンッと両肘を叩き付けるように置いた。

突然の大きな音に、春万里はビクッと身体を揺らして、呂阡へと顔を戻す。

そこには、左右の指を組んだ上に顎を乗せ、今日一の綺麗な笑みを湛えた呂阡の姿が。

「──まだ私は三十九歳で、他の長官達に比べれば、まだまだまだ若い部類ですよ」

『まだ』を強調する呂阡の額には、立派な青筋が立っていた。

「……ヤッベ」

春万里の額に初めて冷や汗が浮かぶ。

「そうだ、春万里。あなたには『異色』の随伴を頼みましょう」

「うえっ⁉　そんな無慈悲な！」

「今度からは口に気を付けることですね、春万里」

「くそっ……一言多かった……」

春万里はがっくりと項垂れた。

彼は踵を返すと、不承不承の声で「分かりましたよう」と、ちっとも分かっていない返事をしながら、トボトボと部屋から立ち去ろうとする。

しかし、呂阡がその背を見送っていると、突然に春万里の歩みが止まった。

「ああ……呂内侍」

肩越しに、彼は顔だけで振り返る。

「先に断っときますけど、オレ、医術が嫌いなんでそっちの随伴ってなったら拒否しますからね」

おどけたように言っていたが、向けられた目は笑ってはいなかった。

中に嵌(は)まった瞳は顔に影が落ちていたせいか、そこだけぽかりと穴が空いているようにただただ暗く、呂阡(ろぜん)は背けられた顔の理由をそこに見た気がした。

亜妃――それが、萬華国(このくに)で与えられた名。

風に飛んでいってしまいそうな天女の羽衣のように軽い羽織に、ヒラヒラと足に絡む柔らかい襦裙(じゅくん)。

亜妃は甘えるように腕に沿う着物の袖(そで)を、わざと手を振って揺らしてみた。

薄絹でも全く寒くはない。向こうでは、今頃(いまごろ)はまだ毛皮を纏っていたというのに。

それに、百華園(ここ)はなんと色彩豊かな場所なのだろうか。

後宮という場所に連れて来られ、最初に思ったことはそれだった。

青と白、茶と緑。それが亜妃の知る色のほぼである。

しかし後宮『百華園』では、軽く首を巡らしただけでも様々な色が目に飛び込んでくる。赤だけでも、光るような赤、夜を混ぜたような赤、若葉に映える赤、移り変わる赤、と数え切れないくらいの色が存在していた。

同時に、同じ空でも向こうとこちらとでは違う青色が広がっていた。

亜妃は空を仰ぎ、眉宇(びう)を曇らせた。

「とても綺麗……綺麗ですが……」

大きく、強く、美しく、そして調和した国。

馬の背に乗せられ、駆け回った北の大地とは何もかもが違う。

住む家の形も、身に纏う衣も、髪型も、化粧も、女人に必要とされるものも、宮の外で咲き始めた花の色も、木の形も、土の香りも、空の高さも、耳に聞こえる鳥の囀(さえず)りすらも――何もかもが違うのだ。

予想すらできなかった程の知らないものばかりに囲まれ、亜妃は自分達が『狄(てき)』と呼ばれる理由が分かってしまった。

「亜妃」と、自分の名を呟(つぶや)いてみる。

唇に指を沿わせ、もう一度同じ言葉を呟く。

己の口から出たというのに、まるで音だけが上滑りしているようで、ちっとも口に馴染(なじ)んではいなかった。

それでも、今後はずっとそう呼ばれるのだ。

「わたくしは……亜妃」

自分には、もう戻る場所もないのだから。

【第二章・異国のお姫様】

1

燕明に言われたとおり、内侍省の入っている後華殿（こうかでん）を訪ねてみれば、入り口のところに月英と同じ年頃の青年が立っていた。

「――へえ、噂通り本当に碧（あお）いんだな」

顔を合わせた途端、青年は挨拶（あいさつ）より先に月英の瞳への感想を口にした。

青年は月英を上から下まで、優に深呼吸三回分の時間を使ってたっぷり眺めると、最後にもう一度月英の瞳を見つめ、口を歪（ゆが）めた。

「ハッ、変なの」

確かに、月英の存在やその瞳の色について、宮廷内で大きな声が上がることはない。しかし、全く嫌悪を示す者がいないというわけでもない。

このような反応も、まだまだ日常茶飯事である。

ただ、初対面でこうもあからさまな嫌悪の感情を向けられれば、さすがの月英も気分を害するというもの。

「……香療師の陽月英（ようげつえい）です」

月英は、不満を声に表わし挨拶する。

本当ならば、ここでその眠そうな垂れ目に蜜柑（みかん）汁でも浴びせてやりたいところである。しかし、今回の仕事は彼がいなければ仕事場である芙蓉宮（ふようぐう）にすら辿（たど）り着（つ）けない。

月英は、懐の蜜柑の皮を握り締める代わりに、竹籠（たけかご）を抱える手に力を込めてやり過ごす。

――あー、僕も大人になったもんだ。

大人ならばまず懐に蜜柑の皮は常備しない、という常識は月英の中にはない。

「内侍省主事の春万里（しゅんばんり）だ」

月英の挨拶を受け、青年も横柄な態度ではあったが挨拶を返した。

どうせ無視されるだろうなと思っていた月英は、青年が名乗ったことに僅（わず）かながらの感心を覚える。

――へえ、そこはちゃんと返すんだ……って……あれ？

青年の名乗った名に引っ掛かりを覚えた。

「春……って、もしかして君！　春廷（しゅんてい）の弟じゃない？」

身を乗り出すようにして、わっと喜声を上げる月英。

よく見れば、確かに彼の垂れた目元は春廷そっくりである。

髪の長さこそ違うが、真ん中から撫（な）で付（つ）けるように分けられた前髪や、柳のような細身の身体（からだ）、立っているだけで漂ってくる淑やかな気品も全（すべ）て、月英には馴染み深いものだった。

彼の先程までの態度もすっかり忘れ、月英は湧いた親近感にキラキラと顔を輝かせる。

「わぁ、本当に会えるなんて思ってなかった。そっかそっか、君が春廷の弟かあ。会えて嬉しいよ！　春万里って言うんだね。ねえ、万里って呼ん――」

「なあ、それって業務に関係ある？」

いきなり冷や水を浴びせられた心地だった。

「……え、あ、いや……そんなことは……」

月英が喜びを露わにしていた分、春万里の底冷えするような淡々とした声は一層際だっていた。

月英より少しだけ高い位置から見下ろされる目は、恐ろしく暗い。

黒い瞳に浮かぶ感情は、月英の碧を見た時に見せた嫌悪でもなく、仕事の邪魔をするなという叱責でもない。

――怒ってる……？　どうして……。

柔和な印象を抱かせる垂れた目が、どうしてか今は、眦が裂けんばかりに吊り上がっているように見えた。

そんなはずはないのに。

「呼び方は好きにしろよ。むしろ『春』なんて、奴と同じものがなくなって清々する」

奴というのが春廷を指しているのは、月英でも分かった。

月英が口をすっかり閉じてしまえば、春万里は踵を返し後華殿へと入っていく。肩越しに振り向いた目が、月英に『ついてこい』と言っていた。

「万――っ」

「いいか。余計なことは考えるな、するな。当然ここから先もだ」

『ここから先も』――その言葉は、月英の心に湧いた疑問を解く機会を奪った。


柳緑花紅。後華殿の門をくぐれば、そこは同じ宮廷とは思えぬほど艶やかな色彩に満ちていた。

流れる空気すら違うのではと思わせる、馥郁たる花々の香り。

宮廷の表では決して耳にすることはない、キャラキャラとした華美で華奢な声。

楽園かと見紛うような美しさは、百華園という名が些かの誇張もないものだと理解させるには充分であった。

緊張に喉を鳴らし、月英は長い長い道を進む。

百華園はその名にちなんで、全ての宮に花の名が与えられている。

月英達は、その中の一つ――芙蓉宮の白亜の囲いをくぐった。

宮の前には、既に三人の侍女が待ち構えていた。

「名乗りを」

「内侍官の春万里です。亞妃様の御体調をうかがうため、本日は香療師を連れてきました」

万里は胸の前で拱手し、背後の月英に顎をしゃくって挨拶を促す。

慌てて月英も彼を真似て手を結ぼうとするも、既に両手は竹籠で塞がっており、悩んだ末に頭を下げることにした。

「こ、香療師の陽月英ですっ！」

緊張に声が裏返ってしまった。

恥ずかしさに顔を赤くしていると、扉の内側から「ふふ」と可憐な笑い声が聞こえた。

驚きに顔を上げれば既に宮の扉は開かれており、奥には仄かに異国の薫りを纏った女人が、小さな身体より二回りも大きな椅子に座っていた。

それは芙蓉宮の主であり、狄から嫁いできたお姫様――亞妃、その人であった。

さあ、と侍女に促され、月英達は部屋の中へと進み入った。入ると同時に、宮の扉は閉められ、向こう側では侍女達の足音が遠ざかっていく。

部屋には月英と万里、そして亞妃の三人だけとなる。

月英は、目の前で伏し目がちに俯いている亞妃を見つめた。

薄紅の襦裙を纏った膝の上で、自然と重ねられた雪のように白い両手。つま先まで綺麗に揃えられた両脚。背もたれに身体を預けることなく、まっすぐに背筋を伸ばして座る姿。大きく波打った灰色の長い髪は横髪だけを残し、あとは後頭部で綺麗に纏められている。しかし、装飾品は髪を纏めるだけの歩揺一本のみで、他に飾り気はない。

恐らく身に纏っているものはどれも最上級品なのだろうが、豪奢な姿を想像していた月英には、とても質素な後宮妃に映った。

されども、その控え目な姿は決して見窄らしいというわけではなく、飾らないからこそ亞妃のあ

りのままの気品がより映えていた。

まるで彼女自身が一つの宝飾品のようである。

思わず見とれていれば、伏せられていた亜妃の瞼（まぶた）が上がった。

月英と亜妃の視線が交わる。

「あ」と、亜妃が微（かす）かな驚きを露わにした。

月英には、彼女が何に反応したのかすぐに分かった。

「変わった色でしょう。僕には異国の血が入ってるんですよ」

月英は目元をトントンと指さし、「どこの国かは分からないんですがね」と、舌先を出しておどけてみせる。

少しでも亜妃の緊張を和らげられればと思ってのことだったのだが、彼女は予想外の反応を示した。

白い肌の上で、雪霞（ゆきがすみ）を被ったような灰色の瞳（ひとみ）が柔和に細められていた。

匂（にお）い立つような美女とは彼女のことを言うのだろう。

亜妃の微笑顔を前に、月英の頬が熱くなる。

しかし惜しむらくは、彼女から全く精気が感じられないことである。

亜妃の顔に浮かぶ笑みは、実に弱々しいものであった。

確かに綺麗（きれい）な笑顔なのだろうが、心の底からは笑えていないというか。何かが、感情の出口で邪魔しているかのように、月英には思えた。

それに、燕明から聞いていた通り顔色も悪い。

手指の白さに比べたら、顔には透明感がない。無理をしていることが、初対面の月英にすら伝わってきた。

「亞妃様、内侍官の春万里と申します。これからは呈太医に代わってこの者と、オレが随伴として来ることになりました。オレはただの監視役ですから、どうぞお気になさらずに」

万里の挨拶を受け、亞妃は眉間に怯えを刻んだ。

しかしそれもほんの一瞬。

月英達がその変化に気付く前に、亞妃は何事もなかったかのように表情を元に戻す。

一方、万里の、脱線しそうになった場の空気を無理矢理正す挨拶によって、月英も己の役目を思い出し慌てて頭を下げた。

「僕が香療師の陽月英です」

「香療師……とは初めて聞きますが……」

「香りで心を整える香療術を使う医官のことですよ。今はまだ僕一人ですが」

月英は亞妃の前に膝をつき、できるだけ刺激しないよう、声を柔らかにして答えた。

「あまり顔色がよろしくありませんね。遠くから来られ、少し疲れが出たのかもしれません」

竹籠の中から香炉台を取り出し、手早く組み立て始める。

「それとも、何かお心を悩ませるようなことでも？　何でも仰ってください」

「心を悩ませる……いいえ、そのようなことは………」

杏色の小さな唇が確かめるように呟いた声は、柔らかな春風にすら吹き消されてしまいそうなほど弱々しかった。決して『そのようなことはない』と言える声ではないのだが。

しかし、無理に聞き出すことなどできないし、したくもない。

月英は「そうですか」と、それ以上の追及はしなかった。

「亜妃様、お好きな香りはありますか」

「香りですか……」

思案しているのだろうか、亜妃は灰色の瞳をフイと横に滑らせ沈黙する。

随分と長い黙考であった。

その間、亜妃は幾度か口を開き掛けたが、しかしまたすぐに口を閉ざし、何度も思考の波間に潜っていた。

それでも月英は答えを急かすことはせず、彼女の口が開くまで静かに見守った。

後ろの壁際で事の成り行きを監視していた万里も、身じろぎの音一つさせずに静かに待っている。

そうして、ようやく亜妃の開いた口が言葉を呟いた。

「白くて……甘い澄んだ香りが……」

「白い、ですか?」

実に抽象的な表現である。香りを色で表現するなど、初めて聞いた。

月英には、白い香りというのがどういったものかは分からなかったが、その後の『甘い澄んだ香り』というのには、いくつか心当たりがあった。

——『甘い』は、花か果実系。『澄んだ』って言うと……瑞々しいもの、すっきりしたものってことかな。

月英は幾本か精油瓶を選び出し、一つずつ蓋を開けて匂いを確かめる。

すると、今まで静かにしていた万里が、興味深そうに後ろから覗き込んできた。

「へえ、それが噂の香療術ってやつか。そんなんでどうにかできるのかよ」

「できるから術なんだよ。ちょっと今忙しいから、邪魔しないでよ」

万里の言い方には多少なりとも揶揄いが含まれており、月英は眉間に慍色を表わして万里を睨む。

その一瞥に、万里は「へいへい」と大げさに肩を竦めると、大人しく壁際へと戻っていった。

月英は目端でそれを確認し、作業に戻る。

甘いと一口に言っても、蜜柑の爽やかな甘さから山梔子の濃厚な甘さまで、その種類は多岐にわたる。

しかも香りの感じ方は当人の感性や精神状態に左右されたりもするため、『甘いのはこれ』と自分勝手に決めつけて処方はできない。

好みの香りを処方する場合には、常に相手の様子を見ながら感想を聞いて、少しずつ相手が心地良いと感じる香りを探していくことになるのだが。

——ひとまずは、人を選ばない無難な香りからだね。

握っていた一本の中身を小皿に垂らす。

それを香炉台にのせ火を灯せば、ふわりと香りが立ち上った。

月英にとっては実になじみ深い香り――『蜜柑』の香りである。

すると、亜妃が反応を示すよりも先に、背後の万里が声を漏らした。

「確かに、甘くてすっきりする香りだな。何の香りだ」

「蜜柑だよ」

万里の声音には先程までの揶揄いの色はなかった。香りまで聞いてくるとは、好奇心旺盛なのかもしれない。

それより、と月英は意識を背後から前方の亜妃へと向ける。

「亜妃様はいかがです？　これは蜜柑から作られた精油の香りなのですが、どのように感じますか。嫌いだとか、心地良いだとか……」

亜妃は大きく深呼吸し、鼻腔いっぱいに香りを吸い込んでいた。そうして香りを吟味するかのように静かに瞼を閉ざす。

「とても良い香りですわ」

次に瞼が上げられた時、亜妃は「ありがとうございます」と微笑んでいた。

「喜んでいただけて良かったです」

この調子ならば、彼女の口から弱々しい笑みの理由を聞ける日も近いだろう。

「――では、この小皿の精油がなくなったら蝋燭の火は消してください」

「分かりましたわ。ではそこまでお見送りを――」

見送りに、と亜妃が椅子から立ち上がった時、「きゃっ！」と彼女からか細い悲鳴が上がった。

襦裙の裾を踏んづけた亜妃は大きく体勢を崩す。

「亜妃様っ！」

間一髪、月英の伸ばした腕が、亜妃の倒れかけた身体を受け止めた。

「――っす、すみません、香療師様」

「いえ、それより亜妃様の方はお怪我は……」

「受け止めてくださったので大丈夫ですわ」

月英は安堵に胸を撫で下ろした。

亜妃の身体を支え、元の椅子へ丁寧に座らせる。

「も、申し訳ありません……本当に……っ」

「いえ、亜妃様が謝ることは何もありませんから。それより、亜妃様にお怪我がなくて良かったです」

亜妃は顔を伏せ、身を縮こまらせていた。

膝の上に置かれた手はきつく拳を握り、巻き込まれた襦裙が不規則な皺を作っている。月英は震えるほどに握られた亜妃の拳を見て、何をそこまでと思った。

これではまるで、怯えているようではないか。

――何に……？

次々と湧いて出てくる疑念に月英が足を止めていれば、袖を万里が引いた。

彼は目を眇め『さっさと行くぞ』と表情で示していた。

月英は「明日も来ますから」との言葉だけを伝え、芙蓉宮を後にした。

「――喜んでくれたのなら、良かったではないか」

初日を終え、月英は燕明への報告に彼の私室を訪ねていた。

「それは……そうなんですが……」

燕明には、亞妃は香療術を喜んでくれ礼まで言ってくれた、とありのままの状況を報告していた。

だから彼の言葉は間違いではないのだが、月英は素直に良かったとは思えなかった。

正確には、最後の最後で疑念が生まれてしまった――本当に喜んでくれていたのか、との。

「だったら、何をそんなに悩んでいるんだ」

口をへの字にして、己の手を眺めている月英を見て、燕明は怪訝に眉を上げた。

「彼女……手が冷たかったんですよ」

ありがとうございます――彼女はそう言った。弱々しくとも微笑んでくれた。

確かに喜んでくれたはずなのだ。

しかし、倒れた際に握った彼女の手は、氷のように冷たかった。

「……心が正常な場合って、手も温かくなるものなんですよ」

心が緩むと、身体から余計な力が抜け血の巡りも良くなり、指先まで熱が満ちる。

単純に寒かっただけかとも思ったが、今日は絶好の春日和。

芙蓉宮の中も、射し込む陽光で空気が温められ実に心地良かった。

だというのに、彼女の手はひどく冷たかった。

これが意味するところは、彼女の心は全く緩んでいなかった――本当には喜んでいなかった、ということだろう。

「随分と、彼女は本心を言うのを躊躇っているようです」

頑なとでも言うのだろうか。呈太医が手こずるはずだ。

「最後の手の冷たさに気付かなければ、僕は明日も同じ精油を焚いて、満足してたでしょうね。あの香りは、彼女が心の底から気に入った香りじゃないっていうのに」

まさか、嘘をついてまで好悪を偽られるとは思ってもみなかった。

月英は眉宇を曇らせ、見つめていた己の手を握り締める。

すると、肘掛けに頰杖をついて身体を斜めにしていた燕明がのそのそと身を起こした。鷹揚として長椅子に座り直し、月英の苦悩を分かち合うように同じく顔を曇らせる。

「亞妃は、どんな香りが好きと言ったんだ?」

「ええっと、確か……白くて、甘い澄んだ香り……でしたかね」

「いやに抽象的だな」

「それは僕も思いました。しかも白い香りってよく分からなくて。だから、今日処方したのは、甘くて澄んだ香りってとこを考えて蜜柑にしたんですけど。どうやら、違ったようですね」

「そうか。こんなに良い香りなのになあ」

目の前の卓で焚かれているお気に入りの蜜柑(オレンジ)の香りに、燕明はうっとりとした声を漏らす。

「陛下はこの香りがお好きですからね」

燕明の足元で、使った精油瓶などを片付けながら月英は頬を緩めた。

長椅子の麓(ふもと)で、丸まって片付けをする月英を見ながら、ふむ、と燕明は思案の声を漏らす。

「もしかすると、亞妃には、はっきりと探している香りがあるのかもな」

形の良い指で顎(あご)を挟み、燕明は天井へと視線を投げる。

「なるほど。じゃあ、毎回違う香りを処方した方が良いかもしれないですね。にしても……また嘘をつかれたら判別できるかな……」

今回は途中まですっかり騙(だま)されていたのだ。しかも、彼女の本意でないと気付けたのは偶然の出来事だった。

どうして彼女は、本音を口にしないのだろう。

どうして彼女は、ああも弱々しくも笑おうとするのだろう。

実に弱々しく見える彼女だったが、無理をしているその姿には相反した意思の固さが見てとれる。

一体、彼女は心に何を隠しているというのか。

「灰色の……瞳(ひとみ)」

月英は己の瞼(まぶた)に指を這(は)わせた。

かつてそこには重苦しい前髪があって、世界はこんなにも明るくはなかった。

「彼女は、僕と同じ異色を持つ姫……」

彼女は今、世界を明るく感じられているだろうか。もし、そうでないのなら——。

月英は瞼に這わせていた手で目元を覆い、項垂れるようにして沈黙した。

突然黙してしまった月英を前に、あたふたと燕明が焦りを見せる。

「だ、大丈夫か、月英⁉ 月英のせいでは全くないぞ！ ほら、ま、まだ一日目だし焦る必要はないから。だからそんなに悲しまなくても——」

「つだあああああああ！ もうっ！」

燕明の「良いんだぞ」という言葉は、突然の月英の絶叫によって掻き消された。

仰け反るようにして頭を上げた月英に燕明はおののき、戸惑いに目を白黒させる。

「悲しんでなんかいませんよ、悔しいんです！ それにこのくらいで音を上げてたら、香療師失格ですから」

異国の薫りを纏う、薄雪を被ったような灰色の髪と瞳を持つ亞妃。

薄紅の衣に風をはらませ、波打つ髪を揺らして、春陽の中で頰を染めて心から笑う姿こそ、月英が見たい彼女の姿なのだ。

「彼女には、日の当たる世界の中で眩しいくらいに笑ってほしいんです」

異色を持つ者同士という、少なからずの親近感もあるのだろう。

しかしそれ以上に、月英は香療師として、彼女の笑みを曇らせる憂鬱を全て払ってやりたかったのだ。

「陛下、僕は諦めませんよ」

目の前で月英がふんぞり返るようにして胸を張れば、燕明は一瞬目をまたたかせ、そして次の瞬間には腹を抱えて大笑した。

「あははははっ！　それでこそ月英だ！」

大口を開けて、皇帝の品位など全て放り投げ、目尻に涙が滲むほどに燕明は笑っていた。その姿はとても楽しそうであり、愉快そうでもあった。

「…………笑いすぎじゃないですか、陛下」

月英の口先がだんだんと尖っていく。

しかし、次第に狐に似ていく月英の顔を見て、更に燕明は笑声を大きくする。

一向に笑いを収める気などない燕明に、月英はこれは始末に負えないと先に白旗を上げ、口先を引っ込めた。これ以上は唇が取れてしまう。

じっとりと物言いたげな目で眺めるに留めていれば、満足したのか、ようやく燕明の笑いも収まった。

「いやはや、俺もまだまだ月英に対する理解が甘かったな」

目尻の涙を指先で拭いながら、燕明は足元の月英に手を伸ばした。

「どうか、亜妃の心にも風を吹かせてくれ」

雛鳥に触れるような優しい手つきで頭を撫でる燕明に、月英も大人しく「はい」と目を細めた。

部屋の中が、二人の温かな空気で満たされる。

『これは、もしかすると』など、淡い期待を胸に、燕明が口をモゴモゴとさせた時だった。

扉に体当たりして藩季が部屋に入って来たのは。

バンッ、と扉が爆ぜたような音に二人は肩を跳ねさせ、燕明にいたっては慌てて月英に触れていた手を引っ込める。

「月英殿ー！　お待たせしました！　おやつのお時間ですよー！」

大きな包みを両手で抱えて現れた藩季の姿を見て、月英は一人、体当たりの理由に納得した。

燕明は「扉が壊れるだろうが！」と、いつもの如く声を荒らげている。

「〜〜っもう少しお前は空気を読め！　良い感じだったのに！」

はて、良い感じとは。

「報告書は読んでも空気は読まない藩季ですっ。良い感じだったから壊したに決まってるじゃありませんかあ………………まだ娘は渡しませんからね」

薄らと開いた藩季の目の奥で、鋭いものが閃いた。長袍の下で、カチャと黒鞘が鳴く。

「…………お前、いつかしょーもない理由で反乱起こしそうだな」

「さあさあ、たくさん持ってきましたからね！」

藩季は燕明のぼやきなど無視し、いそいそと持っていた包みを卓の上で広げてみせた。

途端に月英の顔が輝く。

「わぁ、すごい！　点心だぁ！」

包みの中から現れたのは、芝麻球に桃饅頭、干し杏に棗の蜜漬け——見るも美味しそうな様々な点心や菓子だった。

目の輝きと共に、月英の口の端からは、キラキラとしたものが流れ落ちる。すんでのところで藩季の手巾が月英の口元を拭った。

様子だけ見れば立派な父娘なのだろうが、やっていることは単なる餌付けである。

「月英が来るなり、急に消えたと思ったら……」

まさか点心の調達に行っていたとは。どこまで親馬鹿なのか。いつまでこの浮かれ具合が続くのか。

「いつまでとかありませんよ。永劫に可愛がりますから」

「だからお前はすぐに人の思考を読もうとするなよ」

「ありがとうございます、藩季様！」

「いや、月英もありがとうじゃなくな……まず、ここは俺の私室なんだが」

「どうぞ、たんと召し上がってください。食べたい物があったら何でも言ってくださいね。可愛い我が子のためならば、どんなものでも手に入れてみせますから！」

「さすが頼もしいです、藩季様！　じゃあ、いっただっきまーす！」

「頼む、少しは皇帝の言葉に耳を傾けてくれ」

月英は傾ける耳など持たないとばかりに、幸せそうな顔をして芝麻球に大きな口でかぶりつく。

餡を包んだもっちもちの餅を、口からびよんと伸ばす少々間抜けな姿の月英を見れば、怒る気も失せるというもの。

顔を覆った指の隙間から溜め息をもらすと、燕明も包みへと手を伸ばした。

「ま、春だしな」

春ならば浮かれるのも仕方ない、と燕明は月英の隣で桃饅頭を緩んだ口に詰めた。

2

今日も今日とて、月英は竹籠を抱いて芙蓉宮を訪れる。

「亜妃様、この香りはいかがでしょう?」

「とても濃く甘い香りですわ。まるで部屋の中がお花畑になったような」

「こちらは天竺葵という花の香りです。小さな紅色の花――そうそう、亜妃様のお召しになっている袍のような、綺麗な色の愛らしい花ですよ」

月英が濃くなった袍の先を手で指して示せば、亜妃も視線を自らの身体に落とす。

亜妃を訪ねるようになって、そろそろ一週間が経とうとしていた。

その間、亜妃が身に纏う着物の色は薄紅が多かった。黒よりも柔らかな灰色の髪だからこそ、互いの色彩の強さがぶつからずに上手く調和している。

しかし、月英は未だ亜妃と上手く調和できずにいた。

「亜妃様、この香りはお好きですか？」

月英は控え目に手を伸ばし、膝（ひざ）の上で揃えられている亜妃の指先に触れる。

「ええ、良い香りですわ」

「それは……良かったです」

　彼女の指先は、今日も冷たいままだった。


　広大な百華園の中央には、宮の中でも一際荘厳な造りの大宮が建つ。

　今は住まう者がいないため、灯は落とされひっそりとしているが、本来ならば皇后が住み、最も賑（にぎ）やかな宮である。

　その皇后の大宮を中心として、百華園は東西で役割が分かれている。

　東側は、白壁に囲われた後宮妃の宮がいくつも建ち並ぶ、謂（い）わば皇帝のもう一つの寝所。その他には、女官達の寝食房や後宮専用の食膳処（しょくぜんしょ）などが建ち並ぶ。

　宮の隙間を縫うように走る石畳の通路には、女官達の姿がチラホラと見える。手に箒（ほうき）や桶（おけ）を持っている様子を見ると、掃除係の女官なのだろう。

　一方西側は、皇太后の宮と、太子や公女の宮がある。

　しかし現在、先帝の正妃であった皇太后は萬華宮（ばんかぐう）内にはおらず、また燕明にはまだ子がいないため、太子や公女の宮も当然空であった。

東側に比べ西側は人の営みの気配はなく、時折、建物や調度品の管理のために、女官や内侍官が訪れる程度だ。空っ風が似合う物寂しさが漂っている。

その百華園の中を、芙蓉宮から帰る月英と万里が並んで歩く。

「蜜柑（オレンジ）、加蜜列（カモミール）、桉樹（ユーカリ）に茉莉花（ジャスミン）、変わり種で種人参（キャロットシード）。そして、今日の天竺葵（ゼラニウム）……やっぱり、どれも亞妃様の反応は芳しくないんだよね」

指を折りながら、使った精油を一つずつ確認する月英を横目に、万里はわざとらしい溜め息をついた。

「なあ、もういいだろ」

後頭部で手を組み、投げやりな足取りで隣を歩いていた万里が、突然足を止めた。月英も数歩先で足を止め、後ろにいってしまった万里を振り返る。

その目は訳が分からないと、いぶかしさに眇（すが）められている。

「何がもういいなの……」

「あのお姫様は笑ってる。良い香りって褒める。礼も必ず言う。どこに問題がある?」

「問題だらけだよ。亞妃様は確かに笑ってる。だけどそれが本心じゃないってのも分かるでしょ。他の後宮妃達も見てきた内侍官の君なら、それくらい分かってると思ってたんだけど」

ハッ、と万里が鼻から息を抜く音が聞こえた。

「内侍官だから言ってんだよ。後宮に入る女達がどれほど醜いか、ワガママか知ってんのかよ。数日通ったくらいで、アイツらの本性を分かった気になるなよな」

明らかな嘲笑に、月英は口元に慍色を表わす。

「よくそんな酷いこと言えるね。内侍官は後宮の管理人でしょ。だったら、そこに勤める人達を貶めるようなことは言うべきじゃないよ」

しかも、その醜くワガママだと言う者達がいるど真ん中で。

声は二人の間でしか聞こえないような大きさだが、いつどこに誰の耳があるか分からない。先程、掃除の女官を見たばかりだ。他の女官がここら辺りにいてもおかしくはない。

月英は焦燥に周囲を見回した。

幸い、人の気配はなく小さく息をつくが、対して万里は平然としていた。

「オレは後宮の女達が嫌いだ。職場だからって、その職場のこと全部好きになるわけないだろ。それは後宮の女達も分かってんだよ。人の好悪じゃなく利害で繋がってんだから。本当、使う物だけじゃなくて頭の中までお花畑かよ。いっそ、頭の中から花でもむしってこれたら楽でいいのにな」

いちいち反論に付け加えられる余計な一言が、腹立たしいことこの上ない。

「でも、君が知る後宮の女の人達と亜妃様は、同じじゃないかもしれない。僕には亜妃様が醜くも、ワガママを言ってるようにも思えない」

「ワガママじゃなけりゃ、今頃あのジメジメした理由を言ってるって。そんで、とっくに解決してるはずだろ。しっかり口がついて喋れるんだ。それなのに、何も言わずただ大人しく座ってるばっかってのは、ワガママじゃないのか？」

「それは……っ」

万里の言葉は正論である。

「それでも僕は、亜妃様のことを諦めたくない……っ。異国に来て心細いだろうし、きっと口に出せないのは何か事情があるはずなんだよ」

月英は正論が全て正しいものだとは思いたくなかった。

それは感情論だ、と言われようが、黙って彼の言葉をのみ込むことなどできない。認めた瞬間に、亜妃を訪ねる理由すら失ってしまう。

目尻を尖らせて睨みつける月英を、万里は顎を上げて冷めた目で見下ろす。向けられる黒玉の瞳は、光すら拒むかのようにひたすら暗い。

「お前、百華園が何のためにある場所か理解してるのか？」

「……陛下のお嫁さんが住む場所」

「アッハ！　お嫁さん⁉　ハハッ！　随分と可愛らしい認識だなあ⁉　どうりでオマエの思考が甘ちゃんなわけだ！」

万里は堪らないとばかりに、腹を抱えて嗤っていた。

笑い声だけで馬鹿にされていると伝わるあたり、やはり彼には人を腹立たせる才能があるようだ。

「本っ当、君って腹立つね」

いい加減、耳に笑声がうるさくなり月英が声を上げようとした時、万里はピタリと嗤うのをやめた。

「ここは陛下の寵を争う場所なんだよ」

笑い声が耳に残っていたからか、万里の一言は際だって静かに聞こえた。

「他の女より目立つためだけに、孔雀みたいに無駄に着飾る女や、事あるごとにわざと花瓶を割る女、泣いて病だ何だと平気で嘘つく女だっている。それは全部、陛下の気を引くためだ。そんな中で、綺麗事だけがまかり通るとでも思ってんのか？　あのお姫様も結局は同じなんだよ。まんまと騙されんなよ」

「……っ君……本当に春廷の弟なの……？」

情などとは対極に位置する思考を持つ万里を前にして、月英は戸惑いを覚えた。

「俺の前でその名を出すな」

好悪を向けるにしても、春廷には少なくとも彼なりの信念とも言える線引きがある。

一度は『悪』を向けられた月英には良く分かる。

春廷は相手を認めれば、次の瞬間には素直に手を差し伸べ、懐へと招き入れてくれる大きな度量がある。それに悪感情を向けるにしても、根底にあるのは必ず己の矜持なのだ。

対して、万里の悪感情には矜持など感じられない。

彼の言葉の底から伝わってくるのは、ひたすらな嫌悪のみだ。

月英には万里が分からなかった。

「ねえ、万里。君は何をそんなに嫌ってるの？」

「――――っ！」

だから尋ねた。

しかしまさか、この期に及んで質問が飛んでくるとは思っていなかったのだろう。

万里は声を詰まらせ、下瞼を痙攣させる。

「僕より年上なのに、随分と子供っぽいね。春廷とは真逆だ」

「――っその名を出すなって言ってんだろ！」

握られた彼の拳から、骨の砕ける音が聞こえてくるのでは、と月英は思った。それ程に万里は強く強く拳を握り、百華園の隅まで届くほどの蛮声を轟かせた。

「人殺しなんかとオレを比べるんじゃねえよっ！」

「………人、殺し……？」

大気を震わせた彼の二度目の激声は、正面から月英にぶつかり、彼の感情の大きさを全身に知らしめていった。

しかし、知らしめたのは何も正面の月英にだけではなかった。

案の定、角の奥や壁向こうからは、女官達のざわめく声が聞こえてくる。騒ぎを聞きつけた女官達のパタパタとした軽い足音が、だんだんと近付いてきていた。

ハッと我に返った万里は、己の失錯を舌打ちで誤魔化すと、月英の腕を強引に掴んで飛び出すように百華園を後にした。

百華園から帰ってきた月英は香療房には戻らず、医薬房へと向かった。

ただし、今、月英がいるのは房の中ではなく外なのだが。

「いやぁ、やっぱり豪亮(ごうりょう)の重さがあると楽だね。僕一人じゃこうはいかない！　今回も随分と早く絞れたよ」

蜜柑の皮を入れた盥(たらい)の中で、板を挟んで足踏みをする月英と豪亮。

房の裏には、ギュギュッという音と爽(さわ)やかな香りが漂っている。

すっかり蜜柑(オレンジ)の精油作りは豪亮との共同作業になっていた。

月英が「ありがとね」と、医官には不要な豪亮の逞(たくま)しい腕をポンと叩(たた)く。

「ったく、人を重石扱いすんなよな」

「……筋肉だるま」

呟(つぶや)く言葉を間違えた瞬間である。

「ぎゃあああああっ！　ごめんごめんごめんって⁉」

無言で豪亮は月英を肩に担ぎ上げた。仰向けにして。

豪亮の肩を支点にして月英は反り返り、背骨がミシミシと悲鳴を上げる。

筋肉だるまと言われて怒っているのだろうが、やっていることは筋肉にものを言わせた、立派な筋肉だるまである。

「ごめごめっ――あ、ほら！　呈太医が呼んでるよ⁉　早く行かないと豪亮！」

房の中から微(かす)かに豪亮を呼ぶ、呈太医のまったりとした声が聞こえた。

「ほらぁ！」と、早よ行けとばかりに房を指す月英。

しかし、豪亮はまだ月英を肩に抱え不動を貫く。

月英が抵抗にジタバタと足掻けば背中が滑り、ますます折りが鋭角になる。

「ホガぁッ⁉」

吐血しそう。

「ほら、じたばた暴れるな。危ねぇなあ、落ちるぞ」

「是非、落としてください！」

豪亮は「ったく」と言って、月英を盥の外へと丁寧に下ろした。

そこだけを見れば、まるで気の良い兄ちゃんが近所の子供と戯れていただけのようだが、彼は先程までいたいけな香療師に、背骨折りをしていた張本人である。油断ならない。

「次、それ言ったら手伝ってやんねーからな。筋肉を馬鹿にする奴は筋肉に泣くんだよ！」

いてて、と月英が腰をさする中、よく分からない捨て台詞を残し、豪亮は房へと戻って行った。

女とバレる気配は微塵もないが、これもこれでどうなのだろう、と微妙な感慨に襲われる。

触れられていた腹部を撫で、月英は口先に多少の遺憾を滲ませる。

――うーん……まあ、お腹だしな。そんなに男と変わらないんだろうな。

月英はよろよろとした足取りで房の壁に辿り着くと、麓に腰を下ろした。

「……絶対、豪亮は入る部省間違ってるって」

痛む腰をさすりながら、月英は隣に目を向ける。

「ね、そう思うでしょ？　猫太郎も」

視線の先には、真っ白な体に虎柄の尾を持つ一風変わった猫――『猫太郎』が丸まっていた。

猫太郎はどうでもよさそうに「ぬぁ～ん」などと鳴く。

それはかつて、月英がまだ太医院の一員でなかった時に現れ、自由を見せびらかしていた猫。

時折、月英が貰(もら)った饅頭(まんじゅう)などを分け与えていたら、いつの間にかすっかり医薬房の裏を住処(すみか)としてしまった。

「あ、そうだ。今日は饅頭はないんだけど干物ならあるよ」

先日、『時には菓子ばかりではなく、身体(からだ)に良い物も食べなさい』と言って、燕明から小魚の干物を貰ったのだ。

小魚の干物を渡す美丈夫皇帝というのは、果たして如何なものなのだろうか。

もしかすると、魚売りの宣伝文句で『あの萬華国(ばんかこく)の至宝もすすめる小魚の干物！』とか何とかつけたら、飛ぶように売れるのではないか。

きゃあきゃあと黄色い声を上げて、ご婦人方が次々に干物を買っていく姿を想像する。中々に混沌(こんとん)とした状況ではある。

「良かったね、君は皇帝の干物だ」などと手にした小魚に声を掛けつつ、月英は見つめ合っていた干物を頭からパクリと頬張(ほおば)った。

ゴリゴリと歯応えのある音が口の中に響く。

猫太郎も気に入ったのか、白い前足で器用に干物を挟んで、頭を右に左に傾けながら無我夢中に噛み付いていた。

「ねえ、猫太郎聞いて。今、亞妃様って、とっても綺麗な後宮妃のところに行ってるんだけどさ、ついてくる官吏がすっごい性格捻くれてるんだよ」

一心不乱に干物の頭に食いつく猫太郎。

「腹立つには腹立つんだけど、何か怒らせちゃったみたいで……やっぱり、明日会ったら謝るべきかなあ」

一意専心の食べっぷりを見せる猫太郎。

「でも腹立つんだよなあ、いいか——ってちゃんと聞いてよ、猫太郎ってば！」

「まったく、美的感覚の欠片もない名だこと」

猫太郎のまるっとした尻をつついていれば、頭上から、詩詠が似合いそうななだらかな声が降ってきた。

「あ、春廷だ」

見上げた先で、春廷が房の円窓から顔を覗かせていた。

月英が手を振ると、ぬうっと春廷の手が伸びてくる。その手には、真ん丸とした包みが握られており、受け取れとばかりに目の前で揺すられる。

「なにこれ？」

受け取り、早速に月英は包みを開ける。

開けた包みの中には、月を半分にしたようなふっくらとした糕が入っていた。

「わぁ！　糕だぁ、ありがとう！」

目を煌(きら)めかせ礼を述べた月英に、春廷は片眉(かたまゆ)を上げて返事した。

卵の黄色だろうか、ほんのりと色付いたそれは雛(ひよこ)のように愛らしく、手の上でふるふると震えている。

ちょうど干物を食べ終えた猫太郎の口元にも欠片を置いてやれば、猫太郎はスンスンと鼻を近付け、恐る恐るといった感じに小さな舌を出す。

ぺろりと糕の表面を舐(な)める猫太郎。

美味(おい)しいものだと判断したのか、猫太郎はパクリと噛み付いた。

一緒に月英も糕にかぶりつく。

歯を立てるまでもなく、黄色い生地はその柔らかさも相まって、口に入れた途端にしゅわしゅわと消えていく。

「食べたわね？」

「え」

にこやかな顔をして、春廷は親指で房の中を示していた。

「ちょっと手伝いなさいな、月英」

ゴリゴリと薬研(やげん)で良く分からない薬草をすり潰(つぶ)す春廷。

その隣では、月英が出来上がった粉末を、小さく切られた四方紙に決められた分だけ量り取っていく。

粉末が乗った四方紙は、既に作業台の半分を埋めていた。

「このくらい、糕がなくても言ってくれればいつでも手伝うって」

一体、どんな後ろ暗いことを手伝わされるのかと思った。

「ふふ、美味しそうに食べる月英の鼠小僧みたいな姿も見たかったから良いのよ」

「鼠小僧……」

それは褒め言葉として適切なのか。

春廷はまた新たな薬草を薬研に入れると、ゴリゴリとすり潰していく。

「こんなに沢山粉にして、どうするの？」

天秤（てんびん）の片方に分銅を乗せ、もう片方に出来上がった粉末を薬匙（やくさじ）で少しずつ乗せていく。

「調合よ。色々と分量を変えて試薬をつくってるの。やっぱり、未（いま）だどうしても治せない病ってのもあってね。治るっていう可能性を少しでも増やしたいのよ。進んでこその医術だから」

「へえ、香療術みたいだね。精油も混ぜるもの間違えると、変な匂（にお）いが出来上がったりするよ」

「変な匂いって、ちょっと興味あるわね」

こうして話している間も、春廷の視線は薬研から離れない。長い髪が首後ろで一つに纏（まと）められているため、彼の横顔もはっきりと見える。

真剣な眼差（まなざ）しを薬研に向ける春廷。その額には薄らと汗が滲んでいる。

乾燥して砕きやすいとは言っても、葉を粉末にするのは重労働だ。しかし、春廷は泣き言一つ言わずひたすらにしごく。

てっきり薬研の交替要員で呼ばれたのかと思ったのだが、春廷は一人黙々と作業をこなしていく。

「春廷、僕がかわるよ」

「なに言ってんのよ。そんな細腕じゃ三往復で筋肉痛、五往復で骨折よ」

「筋肉痛から骨折までに何があったの」

絶対、二往復の間で薬研の中に腕入れてる。

「それに均一に潰すにはコツがいるし、これは大人しく専門医のワタシに任せてなさいって。それよりアンタは、ちゃんと種類毎に同じ量に分けてるんでしょうね？」

「も、もちろんであります！」

じろり、と横目に作業台に並んだ四方紙を確認する春廷。

思わず月英も姿勢を正してしまう。

春廷はふ、と目元を和らげ、「良くできました」と猫を撫でるように月英の頬を指の背で撫でた。

くすぐったさに月英が首をすくめケラケラと笑えば、「粉がついてたのよ」と、最後にもう一度頬を撫で作業に戻った。

耳に心地(ここち)良い春廷の声。彼がふと鼻から優しく息を抜く音は、月英の心にパチパチと弾ける嬉(うれ)しさの泡沫(ほうまつ)をつくる。

小さく弾ける泡沫が、胸の内側をむず痒(がゆ)くさせた。

――こんな兄さんがいたらな……。

そんなことを思っていれば、そういえば彼は既にあの者の兄だった、ということを思い出す。

万里は、自分の兄である春廷を『人殺し』と言った。

春廷について、月英は分からないことの方が多い。それでも、彼は決して人など殺してはいないと信じることができる。

先程、頬に触れた春廷の指。

あれは人を傷つける者の触れ方ではなかった。

過去、月英は多くの者に、それこそ意識無意識を問わずに傷つけられてきた。

彼らの指は、蔑(さげす)み、嘲笑(あざわら)うためだけに月英に向けられていた。触れることすら彼らは嫌がった。

時には小婆(しょうばあ)のように心優しき者もいたが、触れるときには何かしらの理由がある。

理由がなくとも血の通った触れ方をする春廷は、決して人を傷つけやしないだろうと、経験から月英は理解していた。

「ねえ、春廷」

「んー?」

猫のように喉(のど)だけで気安く返事をする春廷。

心を許しているとも取れる、彼の何気ない態度が嬉しかった。

「万里と何かあったの」

ピタリ、と薬研が止まる。

房に響いていたゴリゴリとした重々しい音も消えたというのに、なぜか今の方が空気が重くなったように感じられた。

「……あの子と会ったの？」

「亜妃様のとこに行くときの随伴が万里だったんだよ」

「何かって……あの子が何か言ったの？」

「言ってはないよ。ただ僕がそう思っただけ」

そう、と言って春廷は薬研から手を離し、椅子に腰を下ろした。

身体は月英を向いているのに、顔は作業台に頬杖をついて遠くを見ている。

頬に掛けた指が、トントンと彼のこめかみを弾いていた。月英にはそれが、何から話したものか、と悩んでいるように見えた。

「喧嘩でもしたの？」

自分でも随分と不躾な聞き方だとは思ったが、きっと春廷は回りくどい方を嫌がるだろうから。

他人が他家の事情に首を突っ込むのは、正直なところ控えるべきなのだろう。

しかし今日の万里の様子は、些か感情が生々しすぎた。

最後に春廷のことを叫んだ時、彼が見せた目には、それまで叫んでいた嫌悪の感情などなかった。

万里と視線が交わった時、月英は彼の黒玉の瞳が、パキンと音を立てて割れたのかと錯覚した。

しかし、瞳で白く複雑に輝く筋がひびではなく、瞳の表面が揺らいだ反射だと気付けば彼の感情の正体に気付いた。

あれは怒りでも嫌悪でもない。

「春廷の名を出した時、何だか万里が悲しんでるように見えたんだ」

春廷は瞼（まぶた）を大きく開き、けれど月英に顔を向けた時にはもう、瞼は閉ざされていた。

「喧嘩……って言うのかしら。でも……そうね。もう、ずっと長いこと……あの子とは会ってないわ」

寂しさを諦念（ていねん）で押し込めたような声音だった。

「月英が見たあの子の悲しさ……それを作ってしまったのはワタシなの」

「春廷が？」

「……昔ね、あの子を傷つけちゃったから……もちろん、そんなつもりなんかなかったんだけど、あの子にとってはそんなことは関係無いのよね。信じてくれたあの子を裏切ったワタシが悪いんだから。恨まれて当然なのよ」

大事な部分だけすっぽり会話から抜かれているような、外側だけを舐めたような話し方。

二人の間に何があったかなんて、依然としてさっぱり分からない。ただ、春廷が自分を責めていることだけは分かった。

「待って、当然とかないよ⁉　傷つけるつもりがなかったんなら、春廷はちゃんと万里にそれを言ったの？　説明した？」

春廷は緩く首を横に振った。

「ワタシが近付いたら、きっとあの子は余計に悲しい思いをするわ。色々なことを思い出させてしまう。ワタシは、これ以上あの子の傷になりたくないの」

「違うって！　万里がじゃなくて、春廷はどうしたいの⁉」

ここまで話していて、春廷の意思は全て万里を優先したものばかりだった。

それが月英には、どうしようもなくもどかしく映る。

「ワタシは、あの子が笑って過ごしてくれていれば良いのよ」

垂れた目をより垂らした春廷の顔は、確かに笑っているのに喜色はなかった。

ぐっと腹の底に何かを押し隠して、笑みで蓋をしている。

そんな自己犠牲を、彼は良しとしている顔だった。

眉間を寄せ口角を下げ、見ている月英の方がよほど不満を顔に表わしていた。

「だから、あの子がもし何か言っていても、責めないでちょうだい。それで少しでもあの子の気が晴れるなら、ワタシはその方が嬉しいから」

「春廷……っ、向き合うことの大切さを教えてくれたのは……春廷達でしょ」

人との関わり方も、分かり合えることも、自ら歩み寄ることの大切さも、全て太医院で学んだ。

「……何事にも時機っていうのがあるものよ。ワタシはもうそれを逃しちゃっただけ……」

「そんな言い方はずるいのよ」

「ふふ、大人は皆ずるいのよ」

春廷は月英にそれ以上の反論を許さず手を叩くと、「さあ、続きをどんどん量ってちょうだい！」

と再び薬研車を手に薬草をすり潰しはじめた。

声は明るかったが、月英にはから元気にしか見えなかった。

――傷つけたって……何が二人の間にあったっていうんだろう。

何があったのかは分からない。

ただ、二人の間で、何かが大きくすれ違っているような気がしてならなかった。

3

『リィ、お主の嫁ぎ先が決まった』

諦めていた結婚を知らせる父の突然の言葉に、声の発し方を忘れてしまった。

『お主は萬華国へ行け。そして、皇帝の後宮へと入るのだ』

いや、きっと声が出たとしても何も言えなかっただろう。

言える権利など、元より持ちはしないのだから。

『お世話になりました』

『ああ』

父娘の別れの挨拶にしては、随分と無味乾燥な言葉ではあったが、烏牙琳はその他に言葉を残さなかった。

行ってきますとは言えなかった。

ただいまと言う日は来ないのだから。

さよならとは言えなかった。

それは、どうしてなのか――。

今日も彼らが訪ねてくる。

一人は、碧い目をした朗らかな香療師。

香療術という見たこともない術で、毎日違った香りを部屋に満たしてくれる。

もう一人は、いつも壁際で苛立たしそうにして待っている内侍官。

目が合えば眉を顰められるため、なるべく香療師の方に意識を向けるようにしている。

「きっと、今日もまた……香療師様を悩ませてしまいますわ……」

どの香りが良いか、と嫌な顔ひとつせずに毎回丁寧に聞いてくれる香療師。それに自分は、『良い香りです』『ありがとうございます』とばかり答えてきた。

それしか言いようがないのだ。

どの香りも本当に心地良く、蝋燭を灯した途端にふわりと香りが広がっていく様は、何度見ても感動を覚える。

しかし、求めた香りかと言われれば、やはり違うのだ。

記憶の奥にすっかり染みついた懐かしい香り――白く、甘い澄んだ香り。

瞼を閉じれば、真っ白な光景ばかりが浮かんでは消える。

懐かしい、よく慣れ親しんだ景色。何度も何度も、その景色が自分を支えてくれた。心が萎れてもう一歩も進めないと思った時でも、そこに変わらずにあってくれたからこそ、己を鼓舞し、立ててきたというのに。

二度と、その景色を見ることは叶わないだろう。

だから、もしあの香りにもう一度触れることができれば、と香療師に願ったのだ。せめて似たような香りだけでもと。しかし――

「違うということを突き付けられるのは、これ程にも胸を絞られるものなのですね……」

きっと自分は今、香療師の彼だけでなく多くの人に迷惑をかけている。

それは、内侍官である彼の視線の厳しさからも分かることだ。

「――っしっかりなさい、亜妃……何もできなかったわたくしに与えられた、唯一の役目なのですから。でないと、部族の皆に迷惑がかかってしまいますわ」

誰に言うでもない、内側に向かって発せられる言葉。

両手の指を組み、祈るように「大丈夫」と、何度も何度も呟く。

「もし、ここでも見捨てられてしまえば、今度こそわたくしには……っ」

想像してしまった未来に、亜妃はぶるりと身体を震わせた。

「大丈夫……もうあの香りがなくても……全て忘れればいいのですから」

そのうち、この茨を抱いたような、未だに胸に刺さるチクチクとした痛みも消えていくだろう。

「わたくしは……亜妃」

いつかこの名も、口に馴染む日が来るのだろうか。

今日の芙蓉宮は、薫衣草の香りで満たされていた。

「今までの香りより軽く感じると思います。花特有の柔らかな爽やかさが特徴の、薫衣草という花の精油ですよ」

亜妃の足元で、月英は「どうですか」と小首を傾げて見上げる。

「はい……こちらもとても心地良い香りですわ」

そして、やはり今日も亜妃は困ったような微笑を浮かべ、優しい嘘をつくのだ。

月英の耳に、昨日の『もう良いだろ』と言う万里の声が蘇った。

もう一週間経つ。確かにもう良いのだろう。きっとこのまま同じことを繰り返しても、亜妃の表情が晴れることはない。

それならば、と月英は亜妃に声を掛けようとした。

「亜妃さ――」

「もうそのくらいで良いでしょう？」

しかし、月英の声より先に、背後から万里の声が亜妃に飛んできた。

その声は明らかに悪感情を含んでいる。

振り返れば、定位置である壁際から、腕組みした万里が威圧するように亜妃を睨み据えていた。

視線を受けた亜妃が、ただでさえ白い顔を蒼白にさせている。

「こうして宮に籠もって不調を訴えていれば、陛下が慰めに来るとでも思ったんですか」

「ち、違……っ」

「万里――っ！」

身を縮めて、細い首を懸命に振る亜妃。やめろ、と月英が声を上げるが、万里の一度開いた口は閉じ方を忘れたかのように次々と言葉を吐き続ける。

「いつも何を聞いても同じ答え同じ顔。言いたいことがあるのなら言えばいいのに、いつまでもウジウジウジウジとジメったい……ここだけ雨漏りでもしてるんですかね。ハハッ、太医院じゃなくて、工部にでも頼んだ方が良かったかもしれませんね」

「わたくし……は、その……っ」

「ったく、これだから後宮のお方は。わざと相手を心配させるような行動ばっかするし……だから嫌いなんですよね」

「万里ッ!!」

たまらず月英は腰を上げ、万里の視線から守るように亜妃を背に立ちはだかった。

一瞬驚いたように万里は目を瞠ったが、すぐに今度は月英を睨みつける。

しかし、月英も怯まない。

「君は楽だろうね。そうやって相手の言い分も聞かず、言いたいことだけ言ってれば良いんだから。相手が黙ってるからって、それが自らの意思とは限らないんだよ。君みたいに、相手から言葉を奪う奴がいるからね」

懸命に何か言葉を発しようとしていた亜妃。

しかし、万里は彼女の意思など汲まず、自らの言いたいことばかりを連ねた。それがまた、亜妃から言葉を奪っていることにも気付かず。

「へぇ……オレが悪いって？」

「違う、そんなこと言ってない！」

「どうせ同じ異色だからって、同情でもしてるんだろ」

「今それは関係ない――」

「もう結構ですっ！」

初めて聞く亜妃の精一杯の声が、二人の耳に突き刺さった。

あまりの驚きに、『華奢な身体に見合って、叫ぶ声の線もやっぱり細いんだな』と、そんなどうでも良いことを月英は思った。

「……っもう結構ですから……っ、わたくしが……皆様を困らせているのは事実ですもの……」

亜妃は、泣いてはいなかった。

ただ顔を俯け、膝の上でちょこんと丸まった拳を震わせていた。巻き込まれた襦裙が今にも裂けてしまいそうなくらい、拳の下の生地は引きつっている。

息をするのも憚られるほど、沈黙が耳に痛かった。

「どうかこれ以上は、わたくしのことなどお気になさらず……っ」

亜妃の言葉を受け、さすがの万里もこれ以上はと思ったのだろう。雑に前髪を掻き乱すと、鼻から溜め息をついて沈黙する。

対して月英は、突然膝を折ったかと思えば、カチャカチャと竹籠の中をいじり始めた。

「お、おい……何してんだよ」

月英の行動に、万里が戸惑いの声を漏らす。

月英の手元は、香炉台を片付けているようには見えなかった。

「確かに、これ以上同じことを続けても駄目ですね」

月英の頭向こうで、亜妃が息を詰める。後ろでは、万里がしたりと鼻を鳴らした。

「だから――」

焚かれ続けていた香炉台の小皿に、ポタリ、と雫が落ちる。

「――別の方法も試してみましょうよ」

万里と亜妃は、月英の言葉に瞬きも忘れ目を丸くした。

次の瞬間、新たな天幕に覆われたように、一瞬にして部屋が香りの色を変えた。

それまでとは違った重厚な甘さと、燻る香を思わせる深く落ち着いた香りが、部屋の空気に重さを付与する。

しかし、決して重苦しいというわけではなく、その重みが、揺らぐ心の丁度良い重石となるような香りであった。

自然と呼吸は深くなり、沈黙すらも瞑想の静謐さに変わる。

「薫衣草に白檀を混ぜました。薫衣草は鎮静や気分向上の効果が、白檀にはより深い鎮静と心の疲れを癒やす効果があります。これを混ぜ合わせた香りは、不安を取り除き、緊張をほぐすんですよ」

亞妃様、と月英が丁寧に彼女の手を取る。

冷たく固まった氷塊のような拳を、月英は一本ずつゆっくりと解きほぐしていく。

「今までは亞妃様の好きな香りを探すために精油を選んでましたが、もうやめましょう。僕が間違ってました」

「香療師様……間違っているとは……」

「合ってるとか違うとか、そんなことは考えなくて大丈夫です。ただ、香りを楽しんでください」

「楽しむだけ……で良いのですか?」

「ええ。香療師だなんて肩書きがついて、僕こそ勘違いしてました。確かに香療術は心を癒やし治療する術です。が、それ以前にこの術は、ただ香りを楽しむためのものなんです。楽しめないのなら、この術に意味はないんですよ」

亞妃の震える指先を、控え目な力で月英が握る。

下から覗き込むようにして亞妃と視線を交わせば、亞妃はきゅうと目頭に力を入れた。

その行動こそが、彼女の全てを表わしているようだった。

「亜妃様、今だけで良いですから。もう我慢しないでください。姿勢を正さないでください。もう……頑張らなくても大丈夫ですから」

ね、と月英はひたすら優しい声音で亜妃に微笑んだ。

「――っどうして、関係のないわたくしを、そこまで気に掛けてくださるのです」

「同じだからです」

月英は己の瞳を指さした。

「一人、自分と違う者達の中に放り込まれる怖さは分かるんですよ……嫌っていうほど」

亜妃の眉間が更に厳しくなる。しかし、それは月英を嫌悪したわけではない。

まだ、彼女は我慢していた。

「亜妃様、笑ってください」

いつも困ったように笑っていた亜妃。

言いたいことより、言わねばならないことを優先したかのような台詞は、彼女と月英達との心の壁でもあり、彼女自身の蓋でもあった。

しかし、今、亜妃の蓋は緩みかけていた。

亜妃は、杏色の小さな唇を開いては閉じるということを何度も繰り返した。何かを伝えたそうに、それでも、迷いの末に喉の奥に呑み込む。

――何が、彼女の口に歯止めをかけてるんだろう。

月英は、これまでの亜妃の態度を思い返してみた。

燕明は彼女を『物静か』と形容した。恐らくそれは『内気な』と同義だったのだろう。初めは月英も同じ印象を抱いていた。確かに声を荒らげることも、全身を使って派手に意思を伝えることもしない彼女の姿は、物静かと言えるだろう。

しかし、それは粛然とした気高さからくるものだと、今なら分かる。

彼女は強い。

普通ならば弱音くらい吐いてしまいそうなものだが、彼女はこの期に及んでも『亜妃』を守っていた。まだ、彼女自身の本当の姿が見えてこない。

どうしたものか、と悩んだのも束の間。月英は「あ」とあることに思い至る。

「亜妃様の御名はなんと言うんでしょうか？」

誰もが『亜妃』と呼ぶためすっかり忘れていた。それは妃称であって、彼女自身の名ではないことを。

月英の問いに、亜妃は『意外だ』とばかりに目を瞬かせている。

「……烏牙琳と……北ではウージャリィと言うので、皆はリィと」

「ウージャリィ様ですか。ふふ、とても可愛らしい響きですね」

にこり、と月英が微笑めば、亜妃の目元が微かに和らぎを見せる。

「亜妃様、僕は今、亜妃様の名を知りました。これで一つ関係ができましたね。もう関係ないなんてことはありませんからね」

亜妃の瞼が縦に大きく開かれる。

「これで堂々と気に掛けることができます」

胸を反らせ誇らしげに言えば、亞妃は苦笑に肩を揺らした。

彼女のクスクスとした愛らしい笑い声に合わせて、胸元で灰色の横髪がふわふわと揺れる。彼女の髪が揺れる度に、月英の心もふわりと軽くなった。

「……わたくし、上手く笑えていませんでしたか」

「僕には、いつも無理をしているように見えていましたよ」

亞妃は笑いを収めると、瞼を閉じ深く長く息を吸った。

全身の隅々にまで行き渡らせるような深呼吸。限界まで吸い、香りを堪能するように息を止め、そして静かに吐く亞妃。

長い長い一呼吸が終わり、ゆっくりと瞼が持ち上がる。

「わたくしは今……二十一なのですが、結婚の歳としてはおかしくないでしょうか」

前振りのない唐突な話題に月英は首を傾げたが、問われたことに素直な感想を述べる。

「僕はそういったことに疎いので詳しくは分かりませんが、一般的な歳だと思いますよ。少なくとも遅くはないかと。僕は十八で後ろの彼は二十ですが、全く結婚の気配はないですし」

「おい、オマエが決めつけるなよ」

「じゃあ、万里にはそういった相手でもいるの？」

「………別に」

なぜ反論したのか。自ら墓穴を掘っただけではないか。

決まりが悪そうにそっぽを向いた万里はひとまず置いておいて、亜妃に向き直れば、彼女は月英の返答にどこかホッとしたような薄い息をついていた。

「萬華国ではそうなのですね。でも……これは北では遅すぎる歳なのです」

亜妃の身を飾る、山吹色の襦裙に紅の長袍を重ねた鮮麗な衣装。しかしその鮮やかさが今は、亜妃の寂寥を湛えた表情を強調する羽目になっていた。

「少し、付き合ってくださいますか……烏牙琳というしがない女の思い出話に」

4

萬華国が『狄』と呼ぶ北の大地。

そこには多くの部族が、それぞれの生活共同体を成し、遊牧生活をしている。

山羊や羊を飼い交易品にして生活する群れもあれば、馬を調教し、軍馬として他国へ卸すことを生業とする群れもあった。

「わたくしは、『烏牙石耶』の子――二男三女の次女として生まれました」

各部族には長と呼ばれる族長がいて、群れの方針や生活の全ての責任を負っている。その責任は当然の如く、族長の息子や娘にも及ぶことになる。

「わたくしたち北の民の結婚は、きっと萬華国に比べると早いのでしょう。十三で成人すれば、妻を娶れますし、嫁げもします。二人の兄もわたくしの歳の頃には、すでに妻を二人ずつ娶っておりましたし、三つ下の妹も四年前にはもう、他部族へと嫁いでおりましたから」

「えぇっ！　三つ下の妹姫が四年前に結婚って……え、ええっと……ん？」

月英が、狄の婚姻の早さに戸惑いながら指を折っていると、後ろから「十四だな」と、万里が間髪容れずに答えてくれる。

その数字にまた月英が「ひえぇ」と驚きの声を漏らす。

素直な月英の反応に、亞妃は微苦笑を浮かべた。

「北ではこれが普通ですわ……ですから、わたくしのこの二十一というのは、異例と言っていいほどなのです。わたくしだけが、この歳になるまでずっと一人でした」

他部族との結びつきの強化、文化の平準化、政治的、軍事的統合など、族長の子らの婚姻には、それだけの大きな意味と価値が生まれる。

しかし亞妃だけは、その意味も価値も生み出すことができなかった。

月英は躊躇（ためら）いつつも亞妃に問いかける。

「その……亞妃様だけ……だったのは何か理由でも」

亞妃は大腿（だいたい）を撫（な）で「脚が」と呟（つぶや）いた。

しかし、それに月英は首を傾げる。

『脚が悪い』ということなのだろうが、しかし彼女は、いつも普通に部屋の中を歩き回っている。見送りに、と扉まで出てきた時の様子を思い返しても、不自由している様子はなかった。

亞妃は、顔を万里へ——否、彼の隣にある窓へと向けた。

小さな窓から見える景色を、飾り格子がまた一段と見えにくくしている。

それでも亜妃は、小さな隙間から見える景色に目を凝らす。しかしその瞳は、芙蓉宮ではない、どこか遠い所を見ているようにも月英には見えた。

視線を追いかけて、月英と万里も窓の外に顔を向ける。

朗らかな陽気に鳥の囀り。あたりには平穏が満ちていた。

そうして、三人の気配が春の暖かさに溶けて、空気に染み込みそうになった時、亜妃がようやく言葉を発する。

「馬に乗ることができないのです……この不自由な脚では」

遊牧民である北の民は、すべからく乗馬技術が必要となる。

歩くよりも先に馬の駆り方を学ぶと言われるほどに、北の民にとって馬に乗ることは、息をすると同じく生きる術の一つであった。

「日常生活に困らない程度には歩けるのですが、走ったり……脚の繊細な力加減で、馬へ意思を伝えなければならない乗馬などは、到底無理なのです」

乗馬ができないとなると、それは遊牧民である北の民にとっては致命的であった。

当然、そんな亜妃を嫁に出すこともできず、余所の部族も娶りたいとは言わなかった。族長の娘として与えられた、婚姻による他部族との関係強化という役割すら果たせない亜妃は、手に余る存在だったのだろう。

それでも、部族の者達は亜妃に優しかった。

のけ者にするでも、役立たずと罵るでもなく、皆心優しく亜妃に接した。亜妃も馬や幼子達の世話、家事など、部族の役に立てることは率先してやってきた。

しかしやはり、いつもどこか惨めな思いは拭えなかった。いつしか向けられる笑みも、差し出された手も、同情としか思えなくなっていた。

どこまでいっても、自分は他の者達とは違う。

広い大地を自由に駆け回れる民こそ、北の民である。

であれば、駆けられない自分は北の民ではない。

「北にわたくしの居場所はありませんでした。女といえど北で必要とされるのは、いざという時に馬を駆り、家族を守るために剣を手にして、敵に立ち塞がれるような強さを持った者なのです。わたくしは、それができません。誰かのために駆け付けることも、自分の身を守って逃げることすら」

北の地に安住という言葉は存在しない。

季節に寄り添い、摂理に従い、弱肉強食を生まれた瞬間から叩き込まれる峻厳な北では、亜妃の存在はあまりにも枷となり得た。

「この歳までひとり身なのは、誰もわたくしを必要としなかったからなのです。父も同じですわ。今回のことだとて、わたくしを持て余していたところ、ちょうど良い捨て場を見つけたというところでしょうか」

「亜妃様……」

自嘲気味に笑った亜妃を見て、月英は掛ける言葉を見失った。

月英は、狄について何も知らない。

遊牧で暮らすということも、馬に乗るということも。彼女がどんな思いで見知らぬ土地に嫁いできたのか、嫁がなければならなかったのかも。

「本当は、誰かの役に立つ存在でありたかった……こんなわたくしでも、誰かの何かでありたかったのです」

亜妃の手がはじめて月英の手を握り返した。

それは指先だけの、ささやかな強さではあったが、それでも確かに彼女の意思だと月英には感じられた。

「――ですので、こうして萬華国と北とを繋ぐ架け橋になれて良かったのです。わたくしにも、『亜妃』という大切な役割ができましたから」

「……本当ですか？」

「……そうですね。心残りがあるとすれば北にさよならを言えなかったことなのでしょうが……」

言っていれば、もっと前向きに百華園で過ごせていたかもしれない。後ろ髪を引かれる思いに、寂しさを抱かずに済んだかもしれない。しかし、もうそれは叶わないと亜妃は知っている。

「きっと父は、わたくしが再び北の大地を踏むことを許しはしないでしょう。そのような弱い娘……下手をすれば、せっかく繋がった萬華国との橋を、壊すようなことになりかねませんし。もう……忘れることにしますわ」

小首を傾げ肩を上下させた亜妃の姿は、子供のような茶目っ気があり、それと共に部屋の空気も軽くなる。

「ありがとうございます、気に掛けていただいて。きっと、わたくしの様子が塞ぎ込んで見えたのは、慣れない環境に緊張していたからですね。それもこの良い香りが取り払ってくれましたし、これから先はもう大丈夫ですわ」

亜妃の語調が、話を切り上げるためのものに変わりはじめる。

「亜妃様、どうして僕達にこんな大切な話を聞かせてくれたんですか」

握っていた亜妃の手が、スルリと月英の手の中から逃げた。

「……香りにつられて気が緩んだせいでしょうか。少しだけ、過去のわたくしを、誰かに知っていてほしくなったのかもしれません」

亜妃は扉に目線を向け、月英にもう一度礼を言った。

「おかげで心が軽くなりましたわ。もう、これで充分です」

それは暗に、もうこれで終わりにしてくれと言っていたのだろう。しかし、月英は中々立ち上がらなかった。

亜妃に声を掛けようとしたものの、先に空気を察した万里が、無理矢理に月英の腕を引っ張ったことにより、月英は何も言えずに芙蓉宮を去ることとなった。

最後、芙蓉宮を出る時、振り返った月英が見た亞妃は笑っていた。

亞妃は大丈夫と言った。実際、最初に訪ねた時よりも笑みの弱々しさも抜け、表情も柔らかくなっていた。

であれば、香療師として依頼された仕事は終わりだろう。

しかし、月英の表情は依然として晴れはしなかった。百華園の道を歩く足取りは鈍い。

「……納得いかない」

「何が？　お姫様はもう大丈夫だって言ってただろ」

進まぬ月英に、万里も倣って足を止めた。

片眉（かたまゆ）をグイと上げ、わけが分からないとばかりに月英に怪訝（けげん）な目を向ける。

「それはそうだけどさ……」

でも、と月英が不満足が残る目で万里を見返した時だった。

「きゃっ！　やだもうー」

女人特有の甲高い嘆声が聞こえたのは。

驚きに月英と万里が声のした方――目の前に伸びる道の先へと目を向ければ、女人が二人して立っていた。格好からいって、どこかの宮の侍女だろうか。

今まで女官とは何度かすれ違うこともあったが、芙蓉宮以外の侍女を見るのは初めてである。月英は、彼女達が眉を顰めて足を止めた理由が、自分達が通行の妨げになっていたからだと思った。だから月英は、道の端に避け彼女達に道を空けた。

同じく、万里も月英同様に道を空けて並んでいる。

女が嫌いだと言うわりには、こういった配慮はするのだな、と月英は少しだけ万里を見直す。てっきり、彼は女性恐怖症的な何かだと思っていたのだが、もしかすると彼の態度には理由があるのかもしれない。

そんなことを隣の万里を横目に捉えながら思っていると、目の前を侍女達が通り過ぎていく。

「あーあ、最悪なのに会っちゃったわ」

「今日の私達の運勢最悪ね」

すれ違いざまに、ぼそりと呟かれた侍女達の声には軽蔑があった。

「鼠は鼠らしく、下民区だけを這い回ってればいいってのに」

月英と万里、どちらに向けられた言葉なのか明らかだった。

クスクスとした嘲笑が向けられる。

「まさか高貴な妃妾様達の住まう百華園に、変な色の鼠が二匹も出るだなんて……あぁ、いやいや。今度からこの宮の近くを通るときは、注意しなきゃだわ」

綺麗な薄絹の裾を翻す彼女達の口からは、綺麗とは言い難い言葉が発せられる。

悪意を淑やかな声で誤魔化した彼女達は、最後に月英を嘲弄の目で一瞥すると、袂の下でせせら笑いながら行ってしまった。

彼女達の後ろ姿が角を曲がって見えなくなるまで、月英がきょとんとした顔で眺めていれば、隣からはチッと忌々しそうな舌打ちが聞こえた。

「これだから後宮の女は嫌いなんだよ……おい、こんなの気にするんじゃないぞ」

月英は目を丸くして、万里の顔を凝視する。

「な、なんだよ……」

「いや……まさか、君から慰めの言葉をもらえるなんて思ってなかったから」

「はあ？　なんだよそれ」

万里は呆れたように目を半分にしていたが、今までの態度から驚くなと言う方が無理があるだろう。

「もしかして、万里って根の根は良い奴なの？」

「根の根って深すぎるだろ」

「はえてる幹はひん曲がってるけど、もしかしてすっごい深い、見えない根っこの部分はマシなのかなって」

「失礼にも程があるだろ」

とは言いつつも、彼にも思い当たる節が多々あるのだろう。語気に批難の色はない。

「……オレだって、誰彼構わず嫌いだなんだって思ってるわけじゃないんだよ」

「じゃあ、どうして後宮の人達のことは嫌ってるの」

万里は、背にしていた壁にトンともたれ掛かった。

空を見上げる彼の横顔は、やはり彼の兄に似ている。

「無駄なことで時間を浪費する奴が嫌いなんだよ。生きられるのに、自分のために生きようとしない奴を見ると、堪らなくなるんだ。その無駄にしてる時間は、誰かの生きたかった時間かもしれないんだぞ……って」

彼の言い方は、まるで誰かと彼女達とを比べているような口ぶりだった。誰か――恐らくは生きられなかった人とを。

彼の、後宮の女の人達に対する態度は、やはりただの好悪ではなく彼なりの理由があったということだ。

空を仰ぎ遠くを見つめる万里の眼差しは、雲ではなく、彼にその理由を与えた人を見ているように見えた。

月英も同じく、流れ行く雲を目で追いながら耳を傾ける。単純な話に終わらないことを察し、月英も壁に背を預け楽な姿勢をとる。

「じゃあ、亞妃様は君が思ってたような無駄に生きてる人だった？」

「……それは……」

月英の意図するところが分かったのだろう。

万里の口が、もご、と気まずそうに動いた。

「君にも何かあるんだろうけど、だからって最初から偏った見方で皆を見るのはどうかと思うよ。

見えてる姿が、その人の全部だなんてことはないんだから」

「オレよりガキのくせして言うじゃねえか」

「君より、よっぽど色んな人を見てきたからね」

万里は眇めた目で月英を見つめた。

何でもないような平坦な言葉だったが、たったそれだけの言葉に、どれだけのことが凝縮されているのか。横顔に見える碧い瞳が、決して月英に簡単な人生を歩ませてこなかったことくらい、万里でも容易に想像がつく。

「…………悪い」

ぼそりと呟かれた万里の言葉に、月英は目を大きくした。しかし、すぐに目を細めて苦笑する。

「やっぱり、君は根は良い奴なのかもね。真面目すぎるってだけで」

「はあ？　オレが真面目？」

「ああ、そう思えば君と亞妃様はよく似てるね」

「どこがだよ。オレはあんなジメったくねえ」

「感情の出し方が真逆なだけで、二人共すごく真面目だよ。亞妃様は自分の感情を内に我慢するし、君は外に向かって理解しろって叫ぶ。自分の想いに対して真面目だからこそ、二人共頑ななんだろうし。あっ、だったら二人足したらちょうど良いかもね」

手を打って、良い考えだと表情を輝かせた月英を、万里は胡散臭そうに一瞥した。

「何がちょうどなんだよ。ま、似てようが似てまいがもう役目は終わったことだし、そうそう会うこともないだろ。やったね、これでオレもオマエの随伴役御免だ」

「やだね」

「は?」

「亜妃様も君も終わったつもりになってるみたいだけど、僕はこれで終わりにするつもりなんてないから。あんな言葉、亜妃様の本心から出たものじゃないって」

まだ何かが彼女の口を塞いでいた。

その何かを取り払わなければ、彼女は真に言葉を吐けない。

「いやいやいや、オマエなあ……」

万里は腰を折るほどの溜め息をつくと、キッと月英を睨み付けた。

「オマエがどう思ってようと、あのお姫様本人がもう良いって言ってんだよ!　オマエにあのお姫様の本心なんか分かんねえだろ!」

「分かるよ!」

亜妃の、内に抱えるような頑なさには覚えがある。

「分かるよ……あれは昔の僕だから……」

自分を諦めた時から、状況に対して抗うのではなく折り合いを付けようとしていた。

胸にわだかまる感情から目を背け、蓋をして、理解したふりをして、心の奥底に押し込んで二度と浮上してこないよう、重石をつけて沈ませた。

そうして出来上がった自分は、全てが麻痺していた。

悲しささえ当たり前になって、そのうち何も感じなくなっていった。笑っていても、空を見上げても、がらんどうの心には何も響かない。

「彼女は、抱えていた想いを、過去を切ることで一緒に葬ったんだ。『亞妃』として生きていくために。それこそ、後ろ髪を引かれる思いってのを、前に進むために後ろ髪ごとバッサリと……彼女は強いよ」

亞妃は、あのままずっと首を横に振り続けることもできた。もういいと言って、月英達を拒否することもできた。

しかし、彼女はそれをしなかった。

自分は迷惑をかけている――そう言った彼女は、あの場にいた誰よりも優しい。

だからこそ過去の話をして、自分達に終わる口実を与えたのだ。

話したからスッキリした、という見栄えの良い理由を作ってまで。

「亞妃様の優しさに、僕が甘えるわけにはいかないんだよ」

傷だらけで笑う彼女に、これ以上傷を作らせるわけにはいかなかった。

「そして何より、僕が亞妃様のことを好きになっちゃったんだもん。懸命に前に進もうとする人を、好きにならずにはいられないよ」

「オマエ、何で……諦めないんだよ……」

ここで月英は、多くの人に手を差し伸べられてきた。

差し伸べてくれたからこそ、今こうして浅葱色を身に纏えているのだ。決して一人ではここまでやってこられなかった。やろうとは思えなかった。

「僕に初めて手を差し伸べてくれた人は、諦めなくて良いって言ってくれたんだ」

『胸を張れ、弟。俯くな』――いつかの彼の言葉が思い出され、ふっと笑みがこぼれる。

「……まったく、誰が弟ですか……」

ポツリと呟いた独り言は、口の中で溶けて仄かな甘さを残す。

彼の言葉は、今の月英の芯となっている。

たった二本の足で立つための、柱とも言える強靭な芯に。

「手を差し伸べてもらった僕が、彼女に差し出さない理由なんてない。僕は彼女のために何かをしたい。力になりたいんだ！　彼女の心の底から笑った顔が見たいんだよ！」

過去を捨てて立てる人間などいない、と月英は思っている。

月英が彼らと出会えたのは、過去があったからだ。それがどんなに辛いものでも、過去が一つでも欠けていれば、巡り会えなかっただろう。

彼女には、どうか過去を捨てるのではなく、過去と共に立ってほしいのだ。

月英の訴えるような叫びに、万里の足が自然と一歩退がる。

何か言いたそうに口を開くも言葉にはならず、戦慄いた後グッと唇を噛む。

「じゃなきゃ、僕は香療師として胸を張れなくなる」

言ってから月英は、つい熱くなって声を大きくしていたことに気付き、あたふたと気忙しそうに視線を彷徨わせた。

「――って、あはは……ごめん。急に大きな声出しちゃって……これじゃ、この間の君を怒れないや。また女官達が駆け付けたらどうし…………万里？」

「何で……オマエは諦めないんだよ……っ」

申し訳なさそうに月英が視線を戻した先。そこにあった万里の表情を見て、月英は声を失った。

「どうしてだよ……っ⁉　頼むから、諦めてくれよ！　じゃないと、オレだけが捨てられたみたいだろ⁉　オレだけが……っ」

そこには、彼が悲鳴染みた声を叫んだ時と同じ顔があった。怒りをぶちまけているように見えて、その実、彼の表情は悲しさで溢れていた。

「オレには、手なんか差し伸べられなかった……っ！」

今も同じように下瞼に力を入れ、堪えるように口角を下げている。

――ああ、そうだ……。

意地っ張りな春万里。

――僕は彼のこの顔を、置いていかれた子供みたいだって思ったんだ。

本当は、『置いていかないで』『寂しい』と口にしたいのに、強がって『いーもんだ』とわざと天の邪鬼なことを言う、しょうがない子供によく似ている。

「もうきっと……アイツはオレのことを弟とすら思ってないんだ……」

自嘲していたが、腕を抱いている彼の手は、爪が食い込むほどに握られている。

この期に及んで、彼が誰を脳裏に思い描いているか聞くのは、不粋というものだろう。

月英は、春兄弟がすれ違ってしまった原因が分かったような気がした。

「万里、君は真面目だよ。真面目すぎて、思い込んだらそうとしか思えなくなるくらいに。でも、亜妃様の件で少しは分かったんじゃないかな。人って、自分の思っていた姿が全てじゃないってこと」

「でも……」

『でも、アイツもそうとは限らないだろ』と、万里の目は言っていた。

向けられた目には、いつもの高圧的な強さはなかった。眉を下げて月英の言葉を待っている。

『そんなことはないよ』と否定してほしそうに。

雨に濡れた子犬のような、わびしさを纏う万里。

なぜ春兄弟が大きくすれ違ってしまったのか、月英はようやく理解した。

ここで彼に先日の春廷の言葉を伝えるのは簡単だろう。きっと少しは、彼の心を慰めることができるだろう。しかし、それで終わりだ。

それでは二人はすれ違ったままである。

春廷は離れて見守ることを愛とした。

万里は迎えに来てくれることを愛とした。

互いが互いの場所から動かないことを選んでいれば、そりゃあ交わらないだろう。

「君達の間に何があったかは知らないけどさ、もう少し、自分からでも歩み寄ったら良いと思うよ」

万里は、素直に『うん』とは言わなかった。

しかし、それすら予想できていたことで、月英は万里という人間を分かり始めている自分に思わず苦笑してしまった。

「万里、人は変われるんだよ」

やはり彼は頷きはしなかった。

ただ痛みを慰めるように、爪を立てていた腕を緩く撫でていた。

5

燕明に亜妃の件を「一段落はした」と報告すれば、彼は「それは良かった」と頷いた。

「ただ、どうせお前は納得していないんだろう」

「はは、バレました？」

「入ってきた時から分かっておったわ。口先がこーんななってたからな」

燕明は「こーんな」と、顎に乗せた人差し指で唇を押し上げてみせた。

皇帝らしからぬとぼけた表情に、月英の尖っていた唇も弧を描く。

「それで、今度は俺達をどう驚かすつもりだ？」

「今度はって……僕、今までも別に驚かすようなことはしてませんよ」

「無自覚か。お前が行く先々では、なぜか絶対問題が起こるんだよな」

ここ数ヶ月で起こった問題とやらを、燕明が「あれもあったな、あ、これもだった」などと言いながら指を折っていく。既に両手では足りず二巡目に入っている。

果たして、自分はどれだけ問題とやらを起こしていたのか。丸きり自覚はないが。

「月英殿の行動は、私でも予想できませんからね。まあ、そこが面白いのですが」

藩季の言葉に、同感だと燕明も深く頷いた。

失礼な。人を問題製造機みたいに。

「私の予想ですと、今度は、薬草園の薬草を全部引っこ抜いて亜妃様に献上、くらいはあるかと」

藩季の予想に、燕明が縦にした手を大きく振る。

「いやいや甘いな、相手は月英だぞ。きっと、百華園のほかの宮の花を根こそぎ奪って、芙蓉宮に植え替えるくらいはするだろうさ」

したり顔で言っているが、人を何だと思っているのか。今度から精油の匂いを臭いものにしてやろうか。

月英は、そんなことはしませんよ、とまだ続いている二人の大喜利を、手を打って止めた。

「じゃあ、正解は何なんだ?」

興味に目を輝かせる燕明。その目には、今度は何を見せてくれるのか、と期待の色が滲む。隣の藩季も、細い目からは感情が読み取れないが、そこはかとなく楽しそうである。

しかし月英の答えは、そんな二人の予想の枠を大幅に超える。

「ちょっと、狄に行ってくるだけですってば」

燕明と藩季は、顎が外れたように、あんぐりと大きく口を開いた。

「何も、あそこまで驚かなくても……開国したんだからもう自由でしょ」

太医院の医薬房裏で、月英は狄に行くと言った時の二人の反応を思い出し、肩を竦めた。

『市場と同じノリで言うな！』やら『驚きの上限を軽々と超えてこないでくれ』などと色々言われたが、それほどに驚くことだろうか。

「意味が分からないよねえ、猫太郎」

最終的には、同行者を二人つけることを条件に、狄への旅の許可が出た。

『とても一人では行かせられない。行ったら俺が死ぬ、多分心労で』と懇願されれば、受け入れざるを得なかった。

二人というのは、大所帯で行くと目立つ上に、狄を刺激しかねないという配慮からである。

いくら開国し、部族の姫を後宮に入れたとて、これまで属国扱いしてきたのは事実。萬華国を良く思っていない者は、当然いるだろうということだった。

「二人だしなあ……一人はやっぱり衛生要員として医官がほしいよねえ。だとすると豪亮かなあ……あと一人は、さっと行って帰ってくるだけだし目立たない人が良いよね」

「あら、また猫太郎に構って」

猫太郎の背をぐるぐる撫でながら、人選に頭を悩ませていると頭上から声が降ってくる。

「やあ、春廷」

すっかりお決まりとなってしまった、春廷の登場場所――医薬房の円窓。そこから、これまたいつもと同じように、春廷は身を乗り出し月英のつむじを見下ろしている。

「すっかり友達ね、アンタ達」

まあね、と嬉しそうに月英が猫太郎の腹をくすぐれば、猫太郎は『仕方ないな』といった様子でゴロリと腹を見せて寝転がった。

「うひゃあー！　可愛いなあ、もうっ！」

猫太郎の腹に顔を埋めぐりぐりと押し付ける月英を、猫太郎も春廷も苦笑と共に見守っていた。

「仲が良いのは結構だけど、猫太郎にも猫の友達ができたら良いのにねえ」

「確かに、ここら辺では猫太郎くらいしか猫は見ないよね」

「まあ、基本的に外朝だと猫がいたら衛士に追い出されるし、内朝にある太医院まで辿り着けないんじゃないかしら」

どうやら以前までは、外朝でも猫の往来は好きにさせていたらしいが、書庫に入り込んだ猫が書棚を荒らしてからは、見たら即追放刑が発令されているという。

時折外朝では、逃げる猫と衛士との大捕物が見られるらしい。

「それで月英、なにがやっぱり豪亮なの？　一人でぶつくさ言ってたみたいだけど」

「ああ、そうそう。実は狄に行こうと思ってて、それで同行者を探してるんだよね。豪亮なら力あるし、遠くへの旅も大丈夫かなって――」

「狄⁉　ね、ねえ、それワタシが行っても良いかしら！」

初めて見る食いぎみの春廷の反応に、月英も思わず腰が退ける。

「――っい、良いけど……どうしたの、春廷。そんなに狄に行ってみたかったの？」

「この国の外には、まだ見ぬ薬草や医術があるかもしれないでしょ！　こんな機会滅多にないわよ！」

今にも円窓を乗り越えてきそうな勢いだ。その目はキラキラと輝いて、まさに熱望というに相応しい。

「そう言う月英はどうしてなの？」

「亜妃様に笑ってほしいから、かな」

「そういえば、亜妃様の治療係だったわね。なるほど、行き詰まってるのね」

春廷はすぐに、月英の置かれている状況を察したようで顔を曇らせた。

「まあ、そんな感じ。どうも昔のことが引っ掛かってるみたいでさ、そこをどうにか解けないかなって。萬華国の香りより、狄の香りの方が効果があるんじゃないかと思うんだよね」

「呈太医でも手こずってたらしいし、亜妃様のそれはよほど難しいみたいね」

「でも、僕は諦めたくないからさ」

間を置かずに即答する月英に、春廷の曇っていた表情も瞬時に晴れ渡る。

「ふふ、月英らしいわ。諦めずしての香療術ってとこかしら」

「それいいね」

「さて、じゃあワタシも月英に負けてらんないわ。進んでこその医術ですものね」

春廷は「用意しなきゃ」と声と身体とを跳ねさせながら、房の中へと戻って行った。

「春廷が行くってなると、あと一人だけど……」

ちら、と隣の猫太郎を眺めれば、脳裏に別の生き物が浮かんだ。

「あ………犬」


燕明の私室のある龍冠宮を挟んで、太医院と反対に位置する内侍省に月英が向かっていると、見覚えのある青年がちょうどこちらに向かってきていた。

「ちょうど良かった！　おーい、万里ー！」

手を振りながら駆け寄る月英に気付いた万里は、口角を下げた。

「……なんだよ」

「あのさ、もし亜妃様に香療術をとか頼まれたら、悪いけど暫くは訪ねられないって断ってくれないかな」

「何でだよ」

「僕、暫く太医院を空けるからさ。春廷と一緒に」

万里は、月英が最後に付け加えた言葉にピクリと反応を示した。が、もう声を荒らげることはない。

「空けるって……どのくらい……どこに行くってんだよ」

興味ないといった様子で視線は逸らされているが、足元に視線を落とせば、万里のつま先は忙しなく地面を叩いていた。

「狄に行こうと思うんだ」

万里の目がクワッと見開かれる。

「なんだってそんな場所に……っ⁉　もしかして、あのお姫様のためか？」

「自分のため、かな。もう陛下の許しももらってる。開国はしたっていうけど、やっぱりまだ危険性はあるみたいで、目立たないようにって数人だけの旅になるんだ。僕と春廷と……あと一人はまだ決めてないけど……」

「ア、アイツもなんだな」

「うん、自分から言ってきたよ。新しい医術の発展に繋がる何かが得られるかもしれないからって」

月英が俯いた。

二人の間に、何とも言えぬ閑寂とした空気が流れる。

「万が一さ……万が一だけど、ここに帰れなくなるかもしれないから……会えて良かったよ。ほら、君とは少なからず関わりはあったから。それに、亜妃様への伝言も頼めたし」

月英の顔が上がれば、万里はビクッと肩を微動させた。

困ったように笑う月英の弱々しい笑みに、万里は言葉の重みを知る。

月英は踵を返し万里に背を向けた。

「じゃあ、もう行くね。早くもう一人探さないといけないし」

「――っま、待て！　オレも行く！」

気が付いた時には、万里は叫んでいた。

驚きに月英が目を瞬かせる。

「え、でも……」

「行く！　待ってろ、今すぐ呂内侍に了解もらってくるから！」

「う、うん。分かった」

待っていろと手を突き出し、反転するとあっという間に内侍省へと走り去っていった万里。

その背を見送りながら、月英はニヤリと口端を深く深くつり上げた。

――かかった。

【第三章・北の大地で見る希望】

1

背後でギギギと重鈍な音を立て、一際立派な門扉が閉じられる。

真ん中で二枚の扉が隙間なくきっちりと合わされれば、隙間から押し出された空気を最後に、萬華国の香りは消えた。

たった今閉ざされた扉は、萬華国に北接する狄との境に立つ『穿子関』のそれである。

王都である祥陽府を出て早一週間。

月英達は、ようやく萬華国の外の地――狄に足を踏み入れた。

「うっわぁ！　一歩出るだけで随分と変わるもんだね」

目の前に広がる、建物一つない見晴らしの良い景色に、月英は声を上げながら駆けまわる。

萬華国も邑と邑の間には広大な大地が広がっているのだが、それは結局、果てのある塀の中の一部でしかない。

だが今、月英が目にしている世界はまるで違った。

大地を区切る城壁など一切なく、大空を狭める屋根などもない。歩きやすいようにと整備された道もなければ、行き交う人影すらない。

遮るもののない空間を風が心地よさそうに疾（はし）り、地面は緑と黄土が斑（まだら）模様に色づける。遥か遠くには冠雪したなだらかな山影を見ることができ、空高い場所でトンビが鳴いた。

ただあるがままの自然が、そこには息づいていた。

月英は初めて見る世界に目を輝かせ、興奮に声を弾ませた。

すると、その興奮に揺れていた肩を押さえる手が。

「おい、あんまり騒ぐなって。陛下にも目立たず行動しろって念押しされてただろうが」

「そう言う万里だって、声がうるさい」

月英は両手で耳を塞（ふさ）いで、小煩い親を見るようなじっとりした目を万里に向けた。

「そんなに心配しなくて大丈夫だって。だって、これだけ広いんだよ。少しくらい騒いだところで、誰（だれ）が気付くっていうの」

見ろ、とばかりに両手を広げ、月英は雄大さを全身で示す。

「ね、春廷（しゅんてい）もそう思うよね！」

月英は、万里のさらに後ろ——まだ門扉のところで佇（たたず）んでいた春廷に声を投げた。

突然、話題を振られた春廷は肩を揺らし、しどろもどろになる。

「え……あ、ええそうね。お昼はさっき買った肉末焼餅（そぼろまんじゅう）にしましょうか」

「春廷……話、聞いてなかったでしょ」

春廷のいつもの堂々とした様子はすっかりなりを潜めていた。

――まあ、仕方ないよね。

月英は隣で、目の上に手で庇を作り、「うっはー！」などと感嘆を漏らしている万里を窺った。

――春廷には、ギリギリまでもう一人の同行者が誰かって黙ってたし。

春廷は自分のことを、万里を傷つける存在だとして自ら距離を置いている。もし一緒に旅をすると分かったら、彼の場合、自分の目的を我慢してまで万里を優先する可能性があった。

――それじゃあ、意味がないんだよねえ。

少々強引すぎるかとは思ったものの、このままだといつまで経っても進展しなそうなので、少しお節介をすることにした。

「それより、多少はしゃぐのも仕方ないけれど、荷物だけはしっかりと守りなさいよね。ここはワタシ達にとって未知の世界なんだし、何があるか分からないわ。それに万が一の時、手ぶらで商人だなんて言っても信じてもらえないわよ」

春廷のもっともな忠告に、月英は背負っていた荷袋の紐を胸の前できつく結び直した。

最近まで周辺国を対等国ではなく、属国として扱っていた萬華国。

しかも国の門扉は固く閉ざされ、他の文化を排斥し続け、外からは一切の内情がようと知れないときている。

そんな萬華国の民を――特に王宮に仕える者達とくれば尚更、周辺国の民は決して良い顔で迎え入れないだろう。

下手をすると、矛先を向けられる可能性すらある。

「確かに商人の体だったら、新たな交易品を求めてって理由で見逃してもらえるかもしれないしね。さっすが春廷、頭良い！」

春廷の策に拍手を送れば、隣で万里が鼻を鳴らしていた。

気に食わないというより、どうやら拗ねた様子である。

「……万里も頭良いよ、多分」

「多分ってなんだよ、失礼なやつだな。……っつーか、やっぱり祥陽府に比べるとまだまだ寒いな」

「もう春のはずなんだけどねえ。心なしか、萬華国の北部より寒い気がする」

さすが北の大地、と月英は分厚い裘の前をきつく閉じた。

裘は、獣の皮で作られた外套である。

萬華国の王都は初春を迎えていたが、北部に行くにつれ残冬の気配は濃くなっていった。すっかり春の格好しか念頭になかった三人は、慌てて道中で裘をこしらえたのだ。

息をするたびに、空気が今身体のどこを通っているか分かるくらいには、北部は寒かった。

月英は生まれて初めて裘というものに袖を通したのだが、これが癖になるくらいに暖かい。この暖かさを知ってしまった今、冬はもう裘なしには過ごせないかもしれない、と胸の内では戦々恐々としている。

「くぅ……贅沢品は貧乏の敵だってのに」

「いや、医官だし貧乏って程じゃないだろ」

「月英、今はどこに住んでるの？　以前は下民区だって言ってたけど……まさか、まだそこに住んでるわけじゃないわよね。官舎？」

「え、まだ下民区にいるよ」

「何で⁉」と、春兄弟が声を揃えた。

「いや、それは……えぇっと……」

――一番安全だから、なんて言えないよなあ……。

下民ほど、隣人を気にしない者もいない。

皆、自分が生きることに必死で、誰やそれやの事情など考えもしないし気にもしない。それに大抵、ああいう所に流れてくるのはワケありばかりだ。小婆はやや例外的だが。

下民区の中では、会話はしても詮索はしないのが暗黙の了解となっている。

さすがに目は、王宮の外では以前のようにボサボサの前髪で隠しているが。いくら開国したからと言っても、急に碧い瞳が現れれば皆に余計な混乱を招いてしまう。

しかしそれ以外のこと――月英が医官服を着て歩いていても、多少着るものが良くなったな、くらいの認識でいてくれるありがたい場所なのだ。

ましてや、性別など一々気にする者もいない。

下手に平民区に移って隣人関係で頭を悩ませたり、官舎で常に人の目を気にしたりして生活するより、よっぽど安全であった。

「贅沢に慣れなくて貧乏の方が安心するっていうか……ほら、慣れ親しんだ場所の方が精神にも良いし！」

苦しい言い訳ではあったが、春兄弟はどうやらそれで納得してくれたようだ。二人の顔は、『普通の者ならばあり得ないが、月英ならあり得る』と言っていた。失礼な。

「もうっ、僕の生活具合なんてどうでも良いでしょ！　ササッと目的を達成させて、スルッと帰るよ！」

月英は逃げるようにして、目の前に広がる荒涼とした大地へと駆け出した。

「お、おい！　ちょっと待てって⁉」

「ちょっと月英、落ち着きなさいな！」

慌てて春兄弟も月英を追う。

先に追いついた万里が、月英の行動に首を傾げた。

しゃがんで何かしている月英の手元を、背後から恐る恐る覗き込めば、月英は草むしりをしていた。

何やってんだ、と万里の表情が渋くなる。

「こんなとこに来てまで草むしりかよ……そういや、オマエが狄に来た目的って何なんだ？」

「んー？」と生返事をしながら、月英はあちらこちらで、生えている植物を片っ端から引っこ抜くということを繰り返していた。

草や謎の花の蕾を摘んでは、用意した布袋に次々と入れていく月英。

「僕は、狄の香りを持って帰りたいんだよ」

「狄の香り？」

万里は片眉をへこませ、語尾を上げる。

どういうことだよ、と首を捻る。

「亜妃様が言ってた『甘い澄んだ香り』ってのは、多分狄の香りだと思うんだよね。でも、僕は狄にどんな植物があるかも分からないし、どんな香りが存在するのかも分からない。だから、取り敢えず手当たり次第に植物を持って帰ろうと思ってさ」

「節操なしだな」

「残念ながら、節操なしは僕一人じゃないんだよねー」

月英は視線をチラと、もう一人の節操なしに向ける。その先には月英と同じく、背中を丸くして地面の草を吟味する男——春廷の姿が。

話題の矛先が自分に移ったのを察した春廷は、「あら」と瞬きを返す。

「お、おほほほ、ワタシのはついでよ。ほ、ほら、もしかしたら薬草に使えるものもあるかもしれないし、ね」

春廷は万里の視線にも気付いたのだろう。

途端にあたふたと視線を惑わせ、「げ、月英のついでよ」と下手な愛想笑いでしのいでいた。

それを受けた万里も「そ、そうかよ」と、ぎこちなく言葉を返していた。

春兄弟の間にギクシャクとした空気が流れる。

——ふくくっ！　気にしてる気にしてる。

あえて助け船など出さずに、黙々と月英は草むしりを続ける。

これは、二人で解決してもらわねばならないのだから。互いが互いの想いに気付かなければ意味がない。

「にしても、思った以上にここら一帯は植物が少ないなぁ」

「確かに。植物ってより雑草って感じだしな」

万里は引っこ抜いた草を指先でもてあそぶと、興味なさそうに地面へと放った。

月英が腰を上げて遠望してみるも、広がる大地は荒涼としたものばかり。あるのは、何の変哲もない雑草と、ゴロゴロとした大小様々な石のみ。

遠くには木の影も見えるのだが、遠すぎて何の木かも分からない上に、遠近感が掴めない。

「できるだけ穿子関からは離れたくなかったけど……もう少し奥まで行くしかなさそうね」

「そうだね、もう少し行ってみようか。木が見えてる辺りなら、もう少し植物も繁ってそうだし
……でも、取り敢えずはここにある草も詰めとこ」

いそいそと、手当たり次第に草を詰め終え立ち上がった時、月英は「ん？」と目を細めた。

「え、なに？　あの土煙……」

月英の胡乱な声に、春兄弟も立ち上がって大地の果てを見る。

風にたなびく、長細いもうもうとした黄土色の雲は土煙ではなかろうか。

ドウとした重低音が、耳ではなく足の裏から響いて聞こえる。

春兄弟が口々に「ヤバイ」ともらした次の瞬間、土煙の進路が直角に曲がった。そのまま、距離はどんどんと縮んでいく。

重低音が馬蹄の群音だと気付いた時には手遅れだった。

「あっ」と言う間もなく、月英達は騎馬群に包囲されてしまった。

燕明の私室は、内朝に据えられた『龍冠宮』という皇帝専用宮の一室にある。とは言っても、専用宮のため全ての部屋が燕明の私室とも言えるのだが。

とりわけその中でも一番燕明の在室率が高いのが、日頃執務を行っている部屋であった。

龍冠宮が内朝に位置しているため、普段は滅多なことでは燕明の私室に官吏は現れない。しかし、その中でただ一つの例外的部省がある。

「どうしたのだ、呂内侍」

その例外的部省である、内朝に房を置く内侍省長官の来訪に、燕明は書類に走らせていた筆を止めた。

「なぜ陛下は、官の狄行きを許されたのです。どのような理由で、狄を訪ねる必要があったのでしょうか」

燕明は筆尻を顎にあてがい、呂阡が現れた理由に頭を巡らす。

そう言えば、月英の同行者は医官と、もう一人は内侍官であったか。

表立って異国融和策に異を唱えはしないが、呂阡は融和策を良くは思っていない者の一人である。

往々にして長官の意思は、部下にも反映されやすい。

大方、同じく融和策を倦厭していた部下が、突如異国に行きたがったのを不審に思ったのだろう。

「今回の件は、私が命じたのではない。ただ、行きたいと言った者の理由に納得したため、許したまでだ。開国したのだから、おかしなことでもあるまい」

「狄に行かなければならない理由とは？」

「誰かの心を救うため……ではあるが、呂内侍の部下が手を挙げた理由は知らんな。聞かなかったのか」

「それ、は……っ」

呂阡は言葉を詰まらせ、燕明から視線を切る。

燕明はじっと見つめ、そして静かに筆を置いた。

「呂内侍、部下が己の理解の及ばないところへ行くのは怖いか」

「そういうわけではありません……ただ、疑問に思ったものですから」

「であれば、やはり帰ってきてから部下に直接問えばいい。残念ながら、私は呂内侍の疑問を晴らす答えを持ち合わせてはおらんからな」

何となく煙に巻かれた感じがしてならない。しかし、確かにこれ以上ここにいても疑問は晴れないだろう。

そう悟った呂阡は頭を下げると、踵を返した。

扉を開け、出て行こうとする呂阡の背に、燕明の声がかかる。

「呂内侍、人は変わる。風が吹くように、一所に留まるなど不可能なのだ」

「……颪は、いつでも吹いているわけではありませんから」

年若の皇帝に見透かされている気がしたのが悔しくて、最後に一矢報いてやろうと発した言葉だった。

しかし、振り返って見た燕明の顔は穏やかに微笑んでいた。

それがまた、呂阡は気に食わなかった。


呂阡は龍冠宮を出て、はかどらない足取りで内朝を歩く。

いつもなら「ふう」と一息をつくところ、今、口から出るのは「はあ」といった溜め息ばかり。

『呂内侍、オレ、狄に行ってきます』

春万里は急にどうしたというのか。

自分と一緒で、あれほど異国融和策など面倒だと言っていた者が、まさか異国に行きたがるとは。

『これ以上……オレだけ取り残されるわけにはいかないんです……』

理由を聞いても、ようとして分からない。

取り残されるとは、何のことを言っているのか。

呂阡はこめかみを強く押した。ズキリと走る痛みは頭痛からか、はたまた、こめかみを押しすぎたせいか。

「原因は何だ……何が春万里を変えようとしている……」

ボソボソと呟くが、もう呂阡の問いに答える者はいない。

呂阡は己の記憶に問い掛け、またそこから答えを探した。

「……亜妃様か……それとも……」

呂阡の口角は、両端に重石でも引っ掛けたかのように下降していく。

すると、重石などとは無縁の軽妙な声が飛んできた。

「おお、こりゃこりゃ、呂内侍。不景気な顔は相変わらずじゃのう」

「これは、孫二侍中」

白黒頭が特徴的な朝廷官吏の長――孫二高であった。

蔡京玿に代わり、この年より新たな門下省侍中職に就いた孫二高。前任の蔡京玿と共に、先代皇帝の左右と言われた辣腕寵臣であり、今なおその権力は衰えていない。

しかし同じ寵臣といえど、屈強頑健といった風情の蔡京玿とはまた異なり、彼は水のように捉えどころがない、と呂阡は孫二高のことを評している。

「して、何か困りごとかの。そのような顔をして歩いておると、また官達が震え上がるぞ」

どうやら、『氷の内侍』というありがたくもない異名は、下だけでなく上にも轟いていたようだ。

いつもの呂阡ならば、適当に茶を濁して去るのだが、不意に現れた自分の悩みに答えてくれるかもしれない貴重な存在に今は縋りたくなった。

「……近頃、部下の様子がおかしくて。掌を返したとまではいかないまでも、返しそうになっている……というような感じで」

「ほう、面白いことになっておるな」

「全く以て面白くないですよ。私の右腕にと目を掛けていたというのに」

「お主は保守派じゃからのう……原因に心当たりはないのか？」

　融和策を肯定する孫二高に保守派と言われ、気まずさに息を呑(の)む呂阡。

　しかし、孫二高はそこを掘り下げるつもりはないのか、意に介した様子もなくさらりと流した。

呂阡も藪蛇は望まず、質問にのみ答える。

「亜妃様の治療に際して、随伴役をさせてから……かもしれません」

「呈太医の随伴か？」

「あ、いえ……香療師の陽月英(ようげつえい)の――」

　突如、噴き出す勢いで孫二高が笑いはじめた。

「だはははっ！　そりゃもう諦(あきら)めい、呂内侍！　じきにその部下は掌を返すじゃろて」

「そんな憶測で……一時の気の迷いだってこともありますよ」

「無理じゃ無理！　あの者に関わって変われぬ者などおらんさ。ははっ！」

「断言とは、妙に肩入れするのですね。あの異色に」

　呂阡が皮肉って言ってみせるも、孫二高は笑いに口端を引きつらせたままである。それがまた無性に腹立たしく、呂阡の瞳(ひとみ)の温度も下がっていく。

　一体あの香療師に何があるというのか。

「おーおーそんな目で睨まんでくれ。凍えてしまうわい、氷の内侍殿」

「……ご冗談に付き合う暇はありませんので、これで私は失礼しますよ」

こめかみを強く押さえ、嘆息する呂阡。今日一日でどれだけ押したか。

しかし身体を返そうとすれば、これこれ、と孫二高が手を伸ばして止める。

「知りたいのなら、お主もその異色に関われば良いじゃろ。それをせんのなら、グダグダくだ巻いとらんで、大人しく部下が変わっていくのを認めい」

「……面倒な者には関わりたくありませんので」

噂で聞く限り、自分とは合いそうもないことは分かっている。わざわざ自ら関わって、苛つきたくもない。

「さてはお主、変わるのが怖いのだろう。まあ、分からんでもない。なんたってあの者はクソ石頭の京招すらも変えてしまったからな。何をされるのか分からぬ未知な怖さがあるのう」

「クソ石頭……蔡京招殿がお知りになったらドヤされますよ」

「奴がワシをドヤしたところで、痛くも痒くもないわ」

まあ、そうだろうな、と変に納得してしまった。

「あやつ——京招にも言ったが……あ、いや言ってはないか？　ん、まあ、そんなことはどうでもいいが……変わろうとしない者は変われんよ。もし、部下が変わりはじめたと感じたんなら、その者は自らの意思で変わろうとしておるのじゃろうて。くれぐれも、上が下の邪魔をしてはならんぞ？」

「邪魔など……しませんよ」

「なら、よろしいわ」と孫二高は、「はっはっはっ」とまた軽妙な笑い声を高らかに響かせ去って行った。

その背を見送りながら、広々とした内朝の石畳の上、一人残された呂阡は溜め息と共に頭を掻いた。

「はぁ……面倒臭い……」

2

宮廷で孫二高が高らかな笑い声を上げている頃、月英達一行はとても笑えない事態に陥っていた。

円形の天幕の中、月英達は後ろ手に縛られ、地面に膝を折らされていた。

「嘘だろ……初っぱなからこれかよ……」

天幕の中には物々しい空気が満ちている。

壁面に沿うように、月英達をぐるりと取り囲む男達は、皆厳めしい顔をして睨みを利かせていた。

彼らの目は『目的は何だ』と言っている。

「おい、オマエのせいだからな」

万里に肘で横っ腹をつつかれ、ひそひそ声で責められる月英。

「はあ⁉　それって僕のせい⁉　僕が、ふらふらしながら草を採集しまくるっていう奇行を繰り返してたから捕まったって言いたいの⁉」

「全面的にその通りだろうがよ」

「確かにね！　全面的に謝罪するよ、ごめんねっ！」

「情緒ぐっちゃぐちゃだな、オマエ」

　仕方ない。

　彼の言うとおり、まさか萬華国を出てやっとこれから、という初手で最悪の事態に陥るとは誰も思うまい。

「ワタシもちょっと浮かれちゃってたわ。それにしても、あの距離からワタシ達を見つけるだなんて、狄の人達ってワタシ達の想像をずっと上回ってたわね」

　春廷達から視認できたのは細い土煙のみだ。その先の騎馬群の影など、一切捉えられなかった。恐らく動体視力が萬華の者と比べ、圧倒的に良いのだろう。

　春廷は目だけで周囲の様子を窺った。

　住居も、身に纏う着物もまるで異なっている。

　仮設幕舎のような天幕に、男達が裘の下に纏う着物も短袍に長靴と、全てが動きやすいことを前提に作られている。

　遊牧民とは聞いていたが、実際にこうして目の当たりにすると、扉一枚隔てただけだというのにはっきりと『異国』なのだと伝わってくる。

　しかも全員が腰に剣を下げており、恐らく皆武官並みの実力なのだろう。

隙を突いて逃げるべきかとも考えたが、縛られた状況では現実的ではない。であれば交渉を、とも考えたがこちらは交渉材料を持たない。

春廷はチラと隣の月英と万里を見遣った。

まだ、ぎゃあぎゃあと言い合いをしている。

ここは年長者たる自分がなんとかしなければ、と春廷が思いあぐねていた時、取り囲んでいた男達が空気を変えた。

「大干！」

誰かが、天幕の入り口に立った者にそう呼び掛ける。

次の瞬間、呼び掛けに応えるかのように大干と呼ばれた者が入ってきたのだが、その姿に三人は思わず息を呑んでしまった。

天にそびえる岩山。

お伽話から出てきたような大男。

熊。

それぞれが、最初に大干に抱いた印象である。

真っ黒な裘を羽織った男は、何枚も襟を重ねた派手な着物の上からでもガタイの良さが分かるほどに逞しかった。太医院でガタイが良いと言われる豪亮でも、彼の隣に立てばたちまち子供になるだろう。

顔を囲む髭は黒々とし、毛皮でできた帽子の下からは、太く編まれた三つ編みが垂れ下がる。

実に、原始的な雄を感じさせる男だった。

周りの男達の様子から見るに、恐らくはこの部族の長なのだろう。

「何者だ」

大于の声は、身体に見合った沈むように重いものだった。

「まあ、萬華の関の近くで見つけたというからな、恐らくは萬華の者だろうが」

彼が口を開くたびに、空気だけでなく地面までもが震えるようであった。

長靴に包まれた太い足を踏み出し大于が月英達に迫れば、一瞬にして空気が張り詰める。

硬そうな顎髭を指でなぞりながら腰を折り、端から一人一人をまじまじと見つめる大于。彫りが深く、顔に落ちる陰影が濃いため、ただ見られているだけだというのにまるで睨まれているような威圧感がある。

「目的は何だ？　ん？」

春廷に向いていた大于の視線が隣の月英へと向けられれば、大于の片目が細くなる。

しかし、彼は月英の持つ異色には言及せずに身を離す。

「言え。言わねば、お主らは正体不明の密偵として、こちらで相応の処理をすることになるが、構わんのだな」

頭上から落とされる視線と声の重圧。

春廷は震えそうになるのを、奥歯を強く噛み締めて耐える。

今、春廷の頭の中では、様々な選択肢が代わる代わる浮かんでは消えを繰り返していた。

亜妃のことを話すべきか。

しかし、たった一人の後宮妃に手こずっていると知られれば、萬華国全体が侮られてしまう。

開国したばかりの微妙な時期である。

国内の者達もそうだが、今、周辺諸国こそ萬華国の出方を慎重に窺っていることだろう。その中で下手な印象を抱かせれば、後々の外交にも響きかねない。

だが目の前の男が、適当な嘘をつき通せるような相手ではないことは、醸し出される雰囲気から痛いほどに分かる。全身に襲い掛かる圧は、肌の薄皮一枚を剣先でなぞられているかのようにヒリつくものだった。

だからこそ春廷は、ここは当初の計画通り商人と誤魔化し通すべきと判断した。

そのための問答も旅路の途中で三人で何度も練習してきた。

完璧な真実ではないが、事実には近い。

春廷は横目で月英と万里の様子を窺った。

視線に気付いた二人も、その目配せから春廷の意思を汲み取ったようで、目で頷き返す。

緊張に貼り付いていた春廷の口が開く。

「実はワタシ達は――」

「亜妃様のためにお花を摘みに来ました！」

「月英えぇぇぇぇぇっ⁉」

「オマエェェェェェェッ⁉」

実にハキハキとした発言であった。

春廷の台詞を遮って吐かれた月英の言葉に春廷と万里は叫声を上げ、真ん中の月英に驚愕の目を向けた。

「月英⁉　嘘でしょ、アンタしっかり頷いてたわよね⁉　さも分かってますみたいな顔して！」

「今までの間は何だと思ってんだよ⁉　いや、『ちゃんと言えた』みたいな顔してんじゃねぇよ！　バカなのか？　バカなんだな⁉」

「え、いや……『一緒に言うぞ』の合図じゃ……」

「お遊戯会なのっ⁉」

「バカじゃん！」

両側から激しく責め立てられる月英。

戦々恐々として「ご、ごめんよ」と口にするが、その表情は事態の深刻さがまだ理解できていない困惑顔。

更に目を血走らせた春兄弟が、唾を飛ばさん勢いで月英に説教する。

大于は、月英の「花を摘みに」という発言を『何かの符牒か』と一瞬警戒を走らせたが、目の前で勝手に繰り広げられるお説教劇を見れば、警戒心よりも同情心の方がわいた。

どちらに対する同情かは、気の毒そうに下げられた大于の眉を見れば、言わずもがなであった。

結局、春廷は事情全てを明らかにすることを選んだ。

萬華国の体面を守ることなど、自分達の説教劇を見せた後では、棒きれほどの価値もない。

最終的には、身体を縛っていた縄が解かれる時、狄の男にボソリと「苦労するな」と同情まで掛けられる始末。守るものがなくなり、むしろ清々しさまであった。

自分達は萬華宮に勤める医官と官吏であること。

狄から来た、亞妃と呼ばれる後宮妃が心を塞いでいるということ。

そのため、生国である狄で彼女の心を癒やす香りを探しに来たこと。

そして、自分達は一切の敵意や害意を持っていないことを、一つずつ丁寧に説明した。

その間、大于は太い腕を組んで時折思案に声を漏らしながらも、最後まで口を挟まずに聞いてくれていた。

全てを聞き終わった大于は「なるほどな」と呟くと、山なりになっていた口元を緩め、手を打った。

「亞妃……な。事情は理解した」

大于の予想外に好意的な反応に、「じゃあ」と月英が明るい声を出した。

しかし、大于は「だが」と語気を強め、言葉に続きがあることを示す。

「お主達を解放するわけにはいかん。その身柄は、もう暫く我が部族で預からせてもらおう。お主達を理解はしたが、全てを信じたわけではないからな」

　三人の表情に緊張が走った。

「この白土には我ら琅牙族だけではなく、乾卯族や鳥泰族など、いくつもの部族が住んでいる。お主達を解放して、他の部族に迷惑をかける結果となってしまっては堪らん」

「迷惑なんてかけませんよ」

　月英が不服を口先に表わすが、大于は首を横に振った。

「互いを知らないのだ、それくらいの警戒は残すさ。お主達の処遇についてはこちらで話し合わせてもらう。私一人で決定を下すわけにはいかんからな。それまでは部族の中を歩き回るくらいの自由は与えよう」

　警戒はすると言われた割りには、随分とおおらかな拘束で、三人は安堵に胸を撫で下ろした。しかし、大于の「ただし」という言葉で再び、背筋に緊張を走らせることになる。

「少しでも怪しい動きを見せれば……分かっているな?」

　向けられた視線は、入り口からの逆光の中でも、ビリと雷光のような光を走らせていた。

　三人は千切れんばかりに首を縦に振った。

　大于は満足げに頷くと、緊張感を引き連れて天幕から出て行ってしまった。

　すぐにその背を追うようにして、天幕の柱よろしく直立していた男達も出て行く。残ったのは、恐らく見張りのためと思われる若手の男が数人。

「――っふぅ、ひとまずは助かったわね」

気を張っていたのだろう、春廷は倒れるようにして後ろに手をついた。

万里も疲れたように、胡坐を組んだ足の中に溜め息を落としている。

「にしても、帰す気はなさそうだな――ってお前、何やってんだ？」

万里が隣の月英を見れば、その手元には、いつの間にか乳鉢やら白磁瓶やらがずらりと並べられている。

「……いや、本当に何やってんだよ」

「自由になったことだし、ちょーっとお試しを……」

月英は、ガチャガチャと騒がしく作業を始めた。が、すぐに見張りの男達が駆け付ける。

「おいコラ！　勝手な真似はやめろ！」

「お前、大干の言葉を聞いていたのか⁉　今すぐにその手を切り落としてやっても良いんだぞ！」

男達は剣に手をかけ、既に臨戦態勢だ。

「ヒッ⁉　ちょっと月英、大人しくなさい！」

「オレらまで巻き添えはごめんなんだよ！」

顔を青くする春兄弟をよそに、月英は慌てた様子もなく「まあまあ」と取り巻く男達をなだめる。

「別に武器を取り出したわけじゃないですから。僕、草花を使った変わった術を使えまして、新しい植物を手に入れるとすぐに試したくなっちゃうんですよ」

「変わった術だと？」

「まあ見ててくださいって」

「……変な動きをしたら、すぐに締め上げるからな」

「はいはーい」

月英の、敵意など一切感じられぬのほほんとした態度に男達も顔を見合わせ、少しばかり警戒を解いた。

月英は布袋から取り出した草を乳鉢ですり潰(つぶ)し、そこに白磁瓶の中身を垂らす。さらりとした透明の液体が、すり潰した草を浸すほどに注がれる。

「月英、それは精油なの？　香りがないようだけど」

「今入れたやつは、ただの杏(あんず)油。杏の種を絞って作ったんだ」

杏は比較的容易に手に入るし、その種からできた油は無色無臭で、実に使い勝手が良い。

「肌に良い成分がたくさん入ってるし、浸透もしやすい。例えば、按摩(あんま)の時とかに使ったりすると肌の摩擦も減って、同時に肌荒れも防いでくれるから丁度良いんじゃないかな」

「なるほど、按摩科の医官に教えるわ。じゃあそれは何をしてるの？　いつもと作り方が違うけれど……精油を作ってるのかしら、すごく簡単だわ」

「これも精油じゃないよ。さすがにここで精油作りなんてできないし」

そうだなあ、と月英は手を止め言葉を探す。

「精油は香りもするし効能もあるけど、これは香りだけをうつした簡易芳香油ってところかな。植物の持つ効能は一切ないよ！　ただ実験的に、さっき採ってきた草がどんな香りか試してるだけ」

「へえ、そんなのもあるのね」

月英の解説と手際の良さに、見張りの男達もいつの間にか剣から手を離していた。鼻の下と一緒に首を伸ばして、興味津々な眼差しで覗き込んでいる。

月英は油の中で再び草をすり潰す。次第に透明に草の色がうつり、鮮やかな若菜色になる。

「あとはこれを絞って、出てきた油をいつも通りに香炉台で焚けば……」

香炉台をいつものように手早く組み立て火を灯す。上段の小皿には、先程絞った若菜色の油が入れられている。

次第に皿が熱せられ、油も温まってくる。

「さて、あの草はどんな匂いか――」

わくわく、と立ち上りはじめた香りに月英が鼻を近づけた次の瞬間。

「ホゲエエエエッ⁉」

月英は鼻を押さえて、鶏でもそんなに叫びはしないだろうという程の叫び声を上げた。

「くっさ！　いや、何よこれくっさ⁉」

「嘘みたいにくせぇ！」

「ホゲエエエエエエ！」

「うるせぇ！」

三人は香炉台から顔を背け、その香りに盛大に咳き込む。

周囲からもゲホゴホとむせた声が聞こえる。

春を思わせる青々とした爽やかさを纏う苦味の中に、時折顔を出すえぐみが個性的な、融和しそうでしない個々を限界まで貫き通した、実に不愉快な香り。

端的に言えば臭かった。

火を消すも、芳香浴の特徴である『香りが津波のように広がる』という利点が、最悪の状態を長引かせていた。

男達は臭いから逃げるように、天幕の入り口にかたまっている。臭いを逃がすためか、入り口の幕をバッサバッサと扇いでくれた。ありがたい。

「はぁ……この草は失敗だった……捨てとこ」

布袋の中から、今し方不可判定を下した草を、ぽいぽいと袋の外へと捨てていく。

「これ……下手したら攻撃ってとられてもおかしくなかったわよ」

「オマエ、変なところで根性すわってんな」

「そうかな？　普通だと思うけど……」

万里は、呆れの割合が大きい感心の声を漏らした。が、皇太子の着物を衆人環視の中で剥こうとした非常識っぷりを知っている春廷は、遠い目をするのみであった。

このくらい序の口よ、と言わんばかりに。

「やっぱりお前ら大人しくしとけよ！　危うく死にかけたぞ⁉」

「自滅してたから悪意はないととるが、本当今の臭いはギリッギリだからな！」

「俺達の白土並みに広い心に感謝しろ！」

見張りの男達が口々に月英をどやしつけた。

涙目で鼻を押さえて喋っているため、変な声になって迫力は半減しているが。

月英はすみませんと身体を萎れさせ、いそいそと道具を片付ける。

「――ったく、ここを追い出されて危険なのはお前達の方だからな。せいぜい追い出されないようにしとけよ」

「どういうことですか？」

処分か否かという天秤にかけられている今の方が良いとは。むしろ、追放された方が自由になれるから良さそうではあるのだが。

男はジロリと月英を睨んだものの、ややあって口を開く。

「白土には色々な部族がいる。大于はあのように寛大なお方だが、他の族長全てがそうとは限らない。捕らえた瞬間に殺す者達もいるということだ。良かったな、我々に見つかって」

一番は見つからない方が良かったのだが。

しかし、確かに男の話を聞けば、見つかったのがこの部族なのは不幸中の幸いと言えよう。

「保護されてるって感じですか」

「まあ、そうなるな。不本意だが」

男は軽く舌打ちをする。

「質問ついでにもう一つ聞きたいんですけど、さっきから聞く大于ってのと、白土ってのはどういう意味ですか」

大于や男が話す言葉は、亜妃と同じく萬華国の言葉であった。

しかし時折、萬華の言葉でないものも交じっている。

大于というのは、状況から族長という意味だろうと判断したのだが、先程、男は大于と族長を使い分けていた。

男は不承不承の顔をしつつも、再び口を開いてくれる。

「大于というのは、全ての部族を纏める族長にのみ与えられる称号だ。お前達の国でいう、皇帝のようなものになる。それと、白土というのは神が与えられたこの大地のことを言う。ここはまだそうでもないが、北へ行けば白い大地が多くなるからな」

まさか大于というのが狄の中で一番偉い人物とは思わず、月英達は素直に驚きの声を漏らした。

しかし、あの体躯と威風であれば納得ではある。

「白い大地で白土……綺麗な響きですね！」

月英が素直に感心をあらわにする一方、男は感情の見えない目を向けた。

「お前達の国では、我らのことを狄と呼ぶのだろう？」

「ええ、そうで――」

「蛮族だと蔑んで」

「……え」

男の目が軽蔑を訴えていた。

しかし、月英には男の言っている意味が分からなかった。

一度だとてそのように思ったことなどないのだから。

目を見開いたまま動きを止めた月英に、男は薄く息を吐く。

「大于がお前達の安全は約束したからな。別に手を出そうってわけじゃないが、つまりそういうことだ。俺達白土(ツアガン)の民は、お前等に対してあまり……良い感情は持っていない」

男は、「大人しくしてろ」と言い残し、天幕を出て行ってしまった。

同じ空間にいることすら拒むように。

大于が天幕へ戻ると、捕らえた数が三人から二人になっていた。

碧(あお)い目をした者の姿が見当たらない。

「おい、あと一人の姿が見えないが」

入り口横に立っていた見張りの男に聞けば、彼は「ああ」と首を外へと出した。

「あの小僧なら――」

男の言葉を聞いて、大于は首を傾(かし)げた。

「そんなところで何をしている？」

天幕の陰で例の草むしりをしていると、突如背後から野太い声が掛けられた。

月英が驚きに振り返れば、そこに立っていたのは首を傾げた大于であった。怒られるのかと一瞬身を強張らせたが、大于の纏う空気に怒気はない。

大于は子供のような純粋な眼差しで、月英の手元を見つめている。

「……これですか？」

月英は手に持っていた袋をひょいと掲げてみせた。

大于は頷きながら、月英の隣に同じようにして腰を屈め座る。

「草むしりをしているのか？　何のために？」

月英はふふと頬を和らげた。

北の地で一番偉い者の口から、草むしりなどという素朴な言葉が出たのを、愛らしいと思ってしまう。

膝を抱え大きな身体を懸命に丸める姿などは、羽織った裘のもふもふとした毛のせいで、まるで人懐こい熊のようだ。

「正確には、草むしりじゃないんですけどね。亜妃様の好きな香りが何の香りか分からないんで、取り敢えず持って帰れるものは全部持って帰ろうかなと。本当は草よりも花がほしいんですけど、中々花が見つからなくて」

「ここら辺は草地だからな。しかも、まだ花の季節でもない」

「確かに、てき……白土はまだ冬みたいに寒いですもんね。萬華国じゃもう春なんですけどねえ」

大于は「そうだな」と、月英の隣で同じく草をむしり始める。

手伝ってくれているのか、むしった草は月英の袋へと入れられる。

太い指が細い草をちまちまと摘まむ姿はどこか滑稽であり、同時に愛らしくもある。

岩のように大きな大于と、子猫のように小さな月英が並んで地面を探る。うっかり通りかかった部族の者達は、その状況に驚き、足を止めては無言で去って行く。

「……あの、すみませんでした」

前置きなく、ポツリ、と月英は地面に向かって言葉をもらした。

「『狄』って呼ばれて、嫌な気持ちだったでしょう」

あの後、春廷や万里に『狄』の意味を知っていたのかと聞いたら、二人ともばつが悪そうに顔を逸らしていた。

二人の反応を否定とは受け取れない。

「皆が呼ぶから、そういう国号だと思ってました。僕には皆みたいな学はないから……その言葉にどういった意味があるのかなんて考えたこともなくて……」

今度は隣に座る大于にしっかりと顔を向け、「嫌な思いをさせてすみませんでした」と頭を下げた。

「亜妃様もきっと、本当は嫌だったんだろうな……」

嫁いだ身とはいっても、母国を皆から蔑称で呼ばれ続ければ嫌にもなるだろう。たとえ、それが辛い思い出の場所だったとしても。

ぽつりとこぼした月英の言葉に、大于の顔がゆるく向く。

「……お主、その目で萬華の民なのだな」

ぬっ、と迫り来る大きな手。

掴まれれば、月英の頭など一握りで潰されてしまうだろう。北の地をまとめ上げる力量は、純粋な力とも直結しているのだと思わせる大手だ。

驚きに目を丸くしていると、大于の太い指は、顔に落ちた月英の前髪を払っていった。

土を付けないようにと指の背で丁寧に払う様子は、決して怖いものではない。

「萬華国が開国したとの報せを受けた時は、正直半信半疑であった。大抵の者達は、今でもまだ信じておるまい。開国しようと、我々を狄と呼び、靴を履いた獣くらいにしか見ていない萬華のままだろうと」

「そんなこと、一度も思ったりしてません……！」

「お主はそうかもしれんな」

だが他の者達は違う、と言っているようだった。

事実、月英が知らないだけで、そのように思われても仕方がないことを萬華国はやってきたのだろう。

「僕は今、自分に学がないことがとても恥ずかしい。僕はただの下民ですし、よその国のことよりもその日を生きるだけで精一杯でした。大于さんにとっては、そんなの知ったことかって話でしょうけど……」

「いや……その目の色を見れば、まあ、どのような仕打ちの中で生きてきたのかは、想像に難くないな。私は先帝と会ったこともあるが、よくその色で生き残れたなとしか」

大于が片口を吊り上げた。

笑みというより、皮肉に歪んだ表情であった。

彼の様子から、恐らく彼も先帝には余程苦汁を飲まされたのだろうことが窺えた。本当ならば月英達——萬華国の民など見たくもないだろう。

しかし彼は、萬華の民だからと月英達を罰することも、縛り続けることもしなかった。誰もが忌避した月英の異色を、矢のように真っ直ぐに見つめる。

灰色の瞳は狼のような恐ろしさがあるが、月英は怖いとは感じなかった。

「……僕、大于さんには萬華国を好きになってもらいたいです」

ほう、と大于が喉で鳴いた。

値踏みするかのように灰色の目が細められ、吊り上げた片口はより深く上がる。

「あ、新しい皇帝になって、萬華国は今、少しずつですが変わりつつあります」

月英は大于と同じ瞳を知っている。

色こそ違うものの、彼も雑念などとは無縁の真っ直ぐな瞳をしていた。

月英に手を差し伸べ、立つ場所を与え、光の下がどれだけ温かいかを教えてくれた人。

だからこそ、大于には知っていてほしかった。

燕明が今までの皇帝と違うことを。

決して、高座から見下ろす景色を愉しむために、冠を被ったのではないのだと。

「僕が——萬華の色を持たない僕が、こうして目を見せて生きていられるのも、王宮で香療師をやれているのも陛下のおかげなんです。そりゃあ、すぐに全部は変われませんけど、これから先、陛下が大于さん達を悪く扱うなんてことは絶対にないです」

どうか分かってほしいという熱意が先走り、月英は知らずのうちに大于の手を握っていた。

突如握られた手に、大于は眦が裂けんばかりに目を大きく見開いていた。

圧倒されたように上体を後ろに傾け、目を瞬かせている大于に気付き、慌てて月英は握っていた彼の手を離す。

「す、すみません！　いきなり……」

突拍子もない行動をしてしまった。いきなり手など握ってさぞ困惑させただろう。

恥ずかしさに俯いていた月英であったが、突如大于からの反応の一切がなくなり、不安に怖ず怖ずと顔を上げる。

「……亜妃というのは、萬華国ではどのような感じだ」

上げたと同時に掛けられた前触れのない質問に、今度は月英が目を瞬かせた。

「亜妃様……ですか？」

「亜妃が心を塞いでいると言ったな。それは、亜妃は泣いているということか」

稲光の如く、大于の瞳に一瞬だけ赫色が光った。

瞬く間に空気が針鼠のように逆立つ。

「な、泣いてはいません。ただ……泣きたくても泣けないんだと思います」

「何故だ」

「なぜ……」と、月英は指先で顎を掻き黙考した。

「──亜妃様って、実はすごく心優しい方なんだと思うんです。でもそれはこう……目に見えて相手に施す優しさじゃなくて、相手の知らないところで自分を我慢するような優しさっていうか……上手く言えませんけど」

亜妃の物静かさは、性根が内気というものから来るのではなく、ひたすらな責任感の強さの現れであった。

「だから、彼女は泣けば迷惑をかけてしまうだとか、色々と周囲の人達のことを考えてしまって、泣くに泣けないいんじゃないかと」

「しかし、こうしてお主達は亜妃のために北に来ることとなった。異国の姫に手を煩わされて、嫌だとかいう思いはないのか？」

月英は笑って首を横に振った。

それは大于にとって予想外な反応だったのだろう。彼の眉が跳ねる。

「北に来たのは僕達の意思ですから。むしろ亜妃様は、僕達にこれ以上負担を掛けないようにって、大丈夫だと言ってくれましたよ」

その時もやはり彼女は笑っていたのだが、その笑顔は到底月英の納得できるものではなかった。

「亜妃様は、自分が北の地と萬華国とを繋ぐ唯一の架け橋だと自覚され、その橋がどれほどに重要なのかも全(すべ)て分かっています。自分の中にわだかまりを残しながらも、亜妃として懸命に役目を全うしようとされています」

　襦裙を握り締めた、彼女の小さな拳(こぶし)が震える光景は忘れられない。

　月英よりも小さな身体(からだ)で、一国の重圧を背負う亜妃。

「歯を食いしばってでも前に進もうとされる亜妃様を、どうして好きにならずにいられますか。そんな彼女の心を少しでも癒やしてあげたいと思うのは、ごく自然な感情だと思うんです。だから、煩わされてるとか嫌だなんてちっとも思いませんよ。むしろ、僕は亜妃様が大好きなんですから」

「……そうか」

　大于は岩山が動くかのように、ゆっくりと腰を上げた。座って見上げる大于は、それこそ本当に山のようである。

　大于と目が合う。

　いつの間にか彼の目からは赫色が消えており、周囲を取り巻いていた刺々しい空気も綺麗(きれい)さっぱりなくなっていた。

「そういえば、亜妃はどのような香りを好きだと言っていた？」

「えっと……白くて甘い澄んだ香りと……」

　大于は口元を手で覆い暫し沈黙していたが、「そうか」と頷くと月英の頭を柔らかに撫(な)で、その場を立ち去った。

月英が「草むしってくるね！」ととんちんかんなことを言って出て行き、天幕の中は見張りの男一人と春兄弟だけとなっていた。

二人の間に実に気まずい、尻がもぞもぞと落ち着かない空気が流れる。互いに右と左に身体を背け、視線が決して交わらないようにしている。

春兄弟の緊張がうつったのか、入り口に立っていた見張りの男もそわそわとして天幕の外を度々覗いていた。誰か来てくれ、と思っているのだろう。

心なしか、じわじわと立ち位置が入り口へと近付いているように感じる。

万里は、人知れず溜め息をついた。

『もう少し、自分からでも歩み寄ったら良いと思うよ』――万里の脳内で、月英の言葉が再生される。

今回の北への旅は春廷がいると知ったからこそ同行を希望した。

月英が『万が一』などと不安になるようなことを言うから。

万が一を想像した時、万里は絶対に後悔すると思った。今行かなければ、もう二度と自ら関わる機会はないだろうと。

しかし正直、歩み寄り方が分からない。今更という思いもまだある。

もう一度、万里は地面に向かって溜め息をついた。

その時、背後で衣擦れの音がした。

「……ワタシも、薬になりそうなものでも探してこようかしら」

如何ともしがたい雰囲気を先に破ったのは春廷だった。

「は……いや、え……」

入り口へ向かう春廷に、万里は戸惑いの声を漏らす。

「ごめんなさいね、万里……ワタシの顔なんか見たくないわよね」

春廷は背を向けたまま、気にするなと言うように手を振った。

遠ざかる背を前に、万里の中で苦い思いが沸き立つ。

「っいや、ちょっと待ってくれ――」

「できるだけ嫌な思いはさせないつもりだけど、この旅の間だけは我慢してちょうだい」

「待っ――！」

万里の声を振り切るように、春廷は足早に天幕を出て行ってしまった。

3

夜、天幕の一つでは老若の男達が、厳めしい顔を突き合わせて議論を紛糾させていた。

「あの者達は、萬華の密偵やもしれませぬぞ！」

「亜妃というのは、リィ様の萬華での呼び名でしょう。我らの前でわざわざその名を出すとは、安心を誘おうとしているとしか……」

「そうだ、あれらを土産(みやげ)に萬華と交渉しては如何か」

「いやしかし、もしあちらの皇帝の逆鱗(げきりん)に触れることとなれば、リィ様の身に危険がせまりましょう。それに我らとて無事で済むかどうか」

琅牙(ろうが)族の中と言えど、大于の一存で意思決定はなされない。

血を同じくする家族がいくつか集まって一族となり、一族がいくつか集まれば部族となる。そうして部族が集まってやっと、白土(ツアガン)の民とされる。

広大な土地で邑という定住地を持たず、それぞれの一族や部族が各個で動く中、意思の共通化は必須(ひっす)であった。

たとえどんなに些末(さまつ)なことでも、誰(だれ)かにとっては重大なことという場合もある。

よって何か決め事をする場合は、同じ部族内でも、各一族を代表する家主達の意見を聞くことが必定だった。

現在、琅牙族を構成する一族は七つである。

大于を含めた七人の男達は、火を囲んで車座になり、右に左にと言葉を飛ばしあう。

大于は目の前を右往左往する発言に、腕を組んで瞼(まぶた)を閉ざし、耳だけを傾けていた。

「大于、もしあの者達が密偵だった場合、部族の中に留め置くのは危険かと」

呼び掛けられ、大于の意識が外へと引っ張られる。

瞼を開ければ、六人の男達の視線が自分の身に注がれていた。

「……危険であれば放逐するか――」

大于は敢えて、議論の中でも濁されていた言葉をわざわざ口にする。

「――殺すかになるが？」

一斉に男達の視線が下がった。

恐らく男達が気にしているのは、月英達が悪人にはまるで見えないということだろう。しかも三人揃って年若だ。この中には、彼らと同じ年頃の子や孫を持つ者も多い。

「これが、いかにもな密偵であれば良かったのだろうが……いや、まず萬華は密偵など送るだろうか？　自分達より矮小と思っているものに」

大于は言葉に躊躇いを滲ませた。

「元より、開国の報せが嘘ということはありませぬか？」

「それを嘘かどうか判断する情報さえ、我々は持っておりませんからなあ」

「確かに」と面々が重々しく頷く。

萬華国については、何も分からなすぎた。

属国としての国交はあったものの、年に一度朝貢に訪れる程度で、その時も堅牢な建物に留め置かれ、萬華国の内情など知りようもなかったのだから。

その不明瞭さのせいで、今こうして決定的な判断を下せないでいた。

皆がこれと納得できる答えが出ないまま、時間だけが滑るようにズルズルと過ぎていく。

次第に張り詰めていた空気も緩慢なものへと変わる。

今でこそこのような合議制が保たれているが、元より白土の民は『小難しい話は好かぬ。文句がある奴(やつ)は力でねじ伏せる！』という、血気盛んな気性の持ち主である。

特に老輩にこそその傾向が顕著であり、このように一族の長という年配者が多くなるような場では、彼らの気性に引っ張られることもしばしばだ。

案の定、今回もぱらぱらであった雑談が、いつの間にか本題へとすり替わっていた。

中には酒の入った杯を、真ん中の火で温める者まで出てくる始末。

「そういえば、ルウ爺(じい)んところの孫のアルグは大丈夫かい？　確か、寝込んで一週間は経(た)つと聞いていたが」

「なぁに心配には及ばんよ。いつもの熱病さ。婆様も嫁もついとるし、アルグも今年成人を迎えるんだ。これくらい耐えきってみせねば、白土の男にゃなれんさ」

ルウ爺と呼ばれた老爺(ろうや)は、酒の入った杯に口先だけをのばし、すするようにしてズズと呑(の)む。

まるで狐のようだが、ほう、と息をつき幸せそうに頬を赤くするとぼけた姿は、狸のようでもあった。

老爺の表情に、心配の声をかけた男の方も気を緩ませる。

「ま、ルウ爺がそう言うなら良いけどよう。熱病で死ぬ子も多いからなあ……暖める薪(まき)が足りんようなら言ってくれ。持っていくからよ」

「かたじけねぇなあ」

そんな酒の肴のような何でもない日常会話を耳に挟みながら、大于が今夜だけでは結論は出ないな、と場の解散を口にしようとした時だった。

入り口から、男が転がる勢いで駆け込んできた。

いや、勢いだけでなく男は本当に足を滑らせ、入り口の垂れ幕を掴んで身体の支えとしていた。

本来ならば、「慌てんぼうだな」と笑い事で済むはずであった。が、そうはならなかった。

駆け込んできた男の顔は、明らかな緊急を訴えていた。

ただでさえ白い肌からは温度さえも失せ、その瞳は落ち着きなく揺れている。薄らと開いた口は言葉を発しようとするが、震えで上手く紡げていない。

座していた男達が笑い事ではないと把握した時、やっと、男の口の動きに音が伴った。

「――っ爺様！　アルグが大変なんだ、今すぐに来てくれ！」

老爺の手から酒杯が滑り落ち、寒々しい音を立てて砕け散った。

◆◆◆

月英は、夜が明けたのかと思った。

地面に敷かれた毛皮の敷物の上で寝ていたのだが、耳をつけた地面から、どたどたと騒がしい足音が伝わってきた。

次に、天幕の外で緊迫した人々の声が飛び交う。

月英はしょぼしょぼする目を擦りながら、身を起こした。

「え……何が……」

ただの会話でないことは、漏れ聞こえる声音から理解できた。

もしかして獣でも襲ってきたのか。それとも敵襲か、と月英は近くに寝ていた春廷と万里を急いで起こしにかかる。

二人も暫く(しばら)は眠そうに目を擦っていたのだが、天幕の外の気配を察知すると、眠気も一瞬で飛んでいったようだ。

恐る恐る入り口に垂れる幕から顔を覗かせ、見張りに立っていた男に月英が声を掛ける。

「あの、随分と騒がしいみたいですけど、何かあったんですか？」

「お前達か。実はルウ爺んとこのアルグの体調が急変したらしいんだ……くそっ、もうすぐで成人だったってのに……！」

男の言葉は、アルグという者は亡くなると決めつけたものだった。

男は悲しいのか、腹立たしいのか、それとも悔しいのか、顔をぐちゃぐちゃに顰(しか)めている。いても立ってもいられないように、足先が忙(せわ)しなく地面を削る。

月英は男の言葉に男と同じく心配することしかできなかったが、彼は違ったようだ。

春廷は入り口の垂れ幕を千切る勢いで跳ね飛ばし、男へと詰め寄った。

「今すぐ、その子のところに案内なさい！」

「え、ちょ!?」

戸惑う男の胸ぐらを掴み、春廷が早くと急かす。

しかし、春廷の手を掴む者がいた。

万里だ。

「待てよ！　もしかして、治療するとか言うつもりじゃないだろうな⁉」

「体調が急変ってことは、何かしらの怪我か病を得ている状態なのよ。だったら、すぐに行かなきゃ！　間に合うかもしれないわ！」

「もしそれで、また失敗したらどうする⁉　下手すりゃオマエの命が――っ！」

「目の前で苦しんでる人がいて、救わないなんて選択肢はないわ！　ワタシは医官だもの。ワタシの命なんかより患者の命――」

「そんなこと言うなよっ‼」

万里に掴まれた春廷の手が、ミシッと軋んだ。

「オマエの命を『なんか』なんて言うなよ！　だって、オマエすらいなくなったらオレは……っ」

「万……里……？」

驚きに春廷の勢いが削がれる。

しかし会話が止まった隙に、今度は男が春廷に声を上げた。

「お、お前、萬華国の医官なのか⁉　だったら頼む！　アルグを助けてくれ！」

春廷が医官だと分かると、男は万里の手から奪うようにして春廷の腕に縋りついた。懇願とも言える表情で春廷を見上げる男は、今にも泣き出しそうだ。

「可愛い弟みたいな奴なんだ！　成人したら一緒に狩りに行く約束もしてたんだ！　頼むよ‼」

　一度会話が途切れたことで頭に上っていた血も下がったのか、春廷は冷静さを取り戻し深く呼吸する。

「……まずは症状を診てみないとよ」

「熱病だ！　一週間くらい前から熱病で寝込んでたんだ」

「分かったわ。その子のところへ案内してちょうだい」

「お、おう！　あっちの天幕だ！」

「月英、ワタシは先に診察に入るから、置いている荷物から医療具を持ってきてちょうだい。熱病に必要なものなら、アナタにも分かるはずよ」

「分かった、任せて！」

　言うが早いか、月英は天幕の中へと飛び込み春廷の荷物を漁りはじめる。

「確かある程度は粉薬にして持ってきてたはずだから、まずは調合の道具だよね。それと熱病だから……薬は葛根、大棗、麻黄、甘草それに――」

「バカ、違う」

　医薬房でいつも春廷や豪亮が使っていたものを記憶の中から探し、一つずつ薬を揃えていれば、様子を見ていた万里が堪り兼ねたように口を出す。

「間違いじゃないが、それは初期症状の時だ。一週間くらい前から罹患してたんなら、もう初期の薬じゃ無理なんだよ。熱病は陰陽虚実で使う薬も変わってくるが、持ってきた薬で作れるのってったら……柴胡桂枝（さいこけいし）と麻黄附子細辛（まおうぶしさいしん）……おっと、麦門冬（ばくもんどう）もいけるな。他には――」

　いや、口だけではなく手まで出していた。

　万里は次々に必要な粉薬を選り分けていく。その手際は、一応とはいえ医官の身である月英よりもはるかに良い。選り分けながら説明する口上も立派なもので、月英の方が乳鉢片手に「ほう」と感心して頷いている。

「いやぁ、凄（すご）いね万里！　僕より医術に詳しいよ」

　そこで疑問がわく。

「……あれ？　万里って官吏だよね」

　彼の知識は、明らかに医術をかじっているという程度を超えている。

　春廷が家業は街医士と言っていたが、やはりその影響もあるのかもしれない。であれば、なぜ彼は同じく春廷のように医官になる道を選ばず、官吏の道へ進んだのだろうか。

　これだけの知識、自ら学ぼうという気概がなければ身につけられるものではない。

「官吏と医官って、確か登用試験自体違うよね。なのに、どうしてこんなに詳しいの？」

　万里はピタリと手を止めた。

「ねえ、万――――ぶわっ⁉」

　突然、選り分けた薬包の山を胸に押し付けられ、月英は落とさないよう慌てて両手で抱える。

「早く持っていけ」

　万里はそれだけを言うと、月英の問い掛けにも答えず、一人天幕を出て行ってしまった。

一際人が集まっている天幕を覗けば、ちょうど大于と春廷が向かいあって話しているところであった。

「正直なところ、他国の者、しかもつい最近まで我らを属国と見下してきた者に、我らが大切な家族の身体を委ねたくはないという思いもある。だが、同時に家族の命は何ものにも代えがたい」

「仰ることも、そのお気持ちもよく理解しております」

春廷は「ただ」と少し高くなった寝床に寝かされている少年を見遣り、眉間に皺を寄せる。

「彼には適切な処置が必要です。この部族の中にそれができる者がいましたら、その者にお任せになればよろしいでしょう」

取りようによっては喧嘩を売っているとも思われかねない春廷の発言に、月英は「ひぇぇ」と背中に冷や汗を流す。

大于も春廷の言葉を好戦的な響きとして受け取ったのだろう。

「ほう」と顎を上げ、品定めする目で春廷を見下ろした。口元には歪な笑みを描いている。

――ほらっ、そんな煽るようなこと言っちゃうから……!

いつも物腰丁寧で、医術で分からないことがあれば、後ろからそっと最低限の助言だけをしていく春廷。

表立って面倒をみる豪亮の優しさとはまた違った、陰から支えるような控え目な優しさを彼は持っている。

まるで大輪の花の根元で秘やかに咲く、慎ましい菫のような。

「もし、病に乗じてこの子を害する心配をしているのなら、見張りを付けてくださって結構です。ワタシはこの子の治療ができれば、それだけで良いのですから」

しかし今、そこには月英の良く知る春廷はいなかった。

医官であるというたった一つの矜持を胸に、春廷は異国の王と対等に言葉を交わしている。

それは陰から支えるような秘やかさなどない、実に堂々たる姿であった。

春廷と大丁の間で、目だけの会話が行われる。

暫くはどちらも視線を逸らさなかったが、先に大丁が瞼を閉じて白旗を上げた。

「分かった、治療はお主に任せよう。だが、そこまで豪語しておいて治せなかった時は……分かっているだろうな？」

「――っ春廷！」

大丁の言葉に、思わず月英は天幕の中へと駆け込んだ。

「大丈夫なの、春廷⁉」

医療具が入った袋を手渡しざま、春廷の手を強く握る。

いくら萬華国の最先端医術を司る太医院の医官だといっても、治せない病もある。もし、その病を少年が得ていたとしたら。

その先は考えたくなかった。

しかし春廷は少年を見遣ると、片目を閉ざし綺麗な顔に茶目っ気をのせる。

「大丈夫よ。信じて、月英」

「……本当に？」

「ええ、こんなところで死んでられないわ。ワタシにはまだまだやりたいことがたくさんあるのよ。それに、あの子……万里にさっきの言葉の意味を聞かなきゃ……死ぬに死ねないわ」

月英の握る手を、春廷はそれ以上の力で握り返した。

もう一度「信じて」と言って。

「分かったよ、春廷」

月英も最後にもう一度手に力を込め、手を離した。

天幕を出て行く時にチラと振り向けば、春廷はもう少年だけを見ていた。

「頑張って……春廷」


月英が元の天幕へ戻ると、どこかへ行ったと思っていた万里が天幕の外壁に背を預けるようにして座っていた。

「隣、いい？」

そのまま自分だけ中に入るのも憚られ、万里に隣への着座を請う。彼は目線だけを地面に向け、静かに了承してくれた。

月英は示された万里の左側に腰を下ろす。

「――わぁ！　綺麗な星空だ」

空を見上げれば、真っ黒な空にたくさんの宝石がちりばめられていた。

萬華国で見上げた夜空には、砂金が散らばっていると思っていたのだが、こうして光のない地上から見上げれば、輝く星々にも色があることを知る。

広がる空は絶え間なく続いているというのに、萬華国と北の地では、見えるものがまるで違っていた。

夜半だがすっかりと目が覚めてしまった月英は、その供に傍らの万里を引き込むことにした。

月英は天幕の陰から、人集りでざわついた向こうの天幕を一瞥する。

どうせ隣の彼も眠れやしないのだから。

「ねえ、万里」

万里は「んー」と喉を鳴らして、気のない返事をする。

「万里はどうして今回、一緒に来ることを選んだの」

ピク、と万里の肩が揺れた。

「やっぱり、春廷がいたから？」

直球すぎたかもと思ったが、春廷の名を出しても、万里はもう不機嫌になることはないと確信していた。

案の定、万里は少々躊躇いを見せたものの騒ぐことはせず、最終的に素直に頷いた。

「……だろうな。自分でもはっきりとした理由はないけどさ、オマエがお姫様に伝言をって言いに来た時、『万が一』とか言っただろ。それでその万が一を想像しちまって、そうしたらもう、何か……今行かなきゃって……」

どうやら思惑通り、あの悲壮感作戦は彼の心を揺さぶれていたらしい。

「そうだよ、万里。君の判断は正しかったんだよ。だって、大切な人が明日も変わらずに隣にいてくれるなんて限らないからね」

万里は膝の上で抱えた腕の中に頭を落とすと、「そうだよな」と噛み締めるように呟いた。

「でも、おかしいよな……その前までは名すら聞きたくないほど、あんなにアイツを恨んでたってのに」

「元々恨んでたわけじゃなかったんでしょ」

さらり、と返す月英に、腕の隙間から片目だけを覗かせた万里は、驚きに目を大きくしてすぐにそっぽを向く。

図星なのだろう。

「ねえ、万里。昔、二人の間に何があったの」

本心では恨んでいたわけでなくとも、万里は春廷を人殺しだと叫んだのだ。

月英には、どうしてもその言葉と今の春廷とが結びつかない。

何かの勘違いではないのか。では勘違いだとして、なぜ春廷はあのように万里に気を遣い続けているのか。

万里が少しずつ歩み寄ろうとしているというのに、春廷は今の距離を保とうとしている。

噛み合わない歪な二人の関係。

「別に話したくないなら、話さないでも良いけどさ」

「いや……オレも自分の気持ちを整理したいから丁度良かった。聞いてくれよ」

顔を上げた万里は、ガシガシと雑に髪を乱すと、夜空に深い息を吐き出した。

夜闇の帳に淡い白線が一筋流れた。

「もう、十年かな。オレがアイツを兄と呼べなくなってから……」

それは、春兄弟のそれまでを変えてしまった出来事。

4

彼女の名は春蘭といった。

春廷とは三つ、万里とは八つも歳が離れた春家の長女であり、彼女自身は今年で二十八歳になる
――生きていれば、だが。

春蘭は十年もの昔、彼女が十八歳の時に亡くなっていた。

彼女は母親に似て、元々身体の弱い人だった。

母親は万里を産んで亡くなった。おかげで春家で唯一の女人であった春蘭は、万里にとっては歳の離れた姉であると同時に母のような存在でもあった。

万里の中の春蘭の記憶は、庭を散歩している姿より、牀で横たわっている姿の方が多い。

李の木の枝のように細く骨張った腕、今にも帯が落ちてしまいそうな細い腰、年頃のふくよかさなど無縁の、儚さが着物を纏ったような人だった。

それでも彼女の柔和な笑みや溌剌とした笑い声は、今でも鮮明に思い出すことができる。それほどに、春蘭はよく笑う明るい人でもあった。

身体が弱くて安静が必要だというのに、目を離せば庭の李の木に登って猫を助けていたり、花見がしたいと、夜中に春廷と万里を叩き起こしては山に登ったりと、彼女はその可憐な姿からは想像し得ないほどに逞しかった。

「まあ……花見の帰りはアイツがおぶって帰る羽目になるし、猫を助けて下りられなくなった姉さんを助けるのも、アイツの役割だったんだよな」

思い出した在りし日の楽しさに、万里の目元が優しくなる。

「姉さんは、いっつも明日は何をしたいだの、来年の花見はあそこに行きたいだのって、目をキラキラ輝かせてオレ達に言うんだ。絶対に病気を治して身体を強くして、そして大好きな人をつくって嫁ぐのが夢なんだって」

彼女はいつも先を見つめていた。

「でもな……」

次の瞬間、万里の目元から優しさが消えた。

代わって目元に現れたのは、凍てついたかのような強張り。

「オレが十で、アイツは……十五、だったか……」

春蘭はよく病に罹る人であった。その都度、父親が調薬して治療をしていた。

そんな折、春蘭の容態が急変した。

数日前から断続的な高熱に浮かされるようになっていた春蘭。

初めは、誰もがいつもの体調不良だろうと考えていた。たちの悪い熱病でも捕まえてしまったのだろうと。

いつものように父親が調薬し、いつものように春廷が面倒を見る。

そして万里は、いつものように春蘭の話し相手だった。

彼女が苦しそうにうなされていれば一晩中でも手を握り、彼女に腕を上げる気力がなければ、様々な物語を傍らで紡いで聞かせた。

春家は医官や医士を輩出できる、世襲制の医戸籍に属している。

当時、父親は王都の街医士であり、春廷は医学に通う医生であった。

二人には医術の知識があり、春蘭の治療は二人に、話し相手は万里にというように自然と役割が割り振られていた。

幼い万里にできることは限られている。父親や兄の春廷を見ては、何もできない自分に腹が立つこともあった。

しかし、そう言ってむくれる度に、春蘭は万里の頭を撫で『万里、いてくれてありがとう』と笑ってくれた。それに万里も、『ボクも医生になったら、絶対に蘭姉の身体を良くする治療法を見つけるからね』と返す。

それを聞いた春蘭は、『楽しみに待ってるね』と言ってまた笑うのだった。

そういう未来が当たり前に来るものだと、幼い万里は信じて疑わなかった。優しくて天真爛漫な大好きな姉に、恩返しができる日が来るのを待ちわびていたのだ。

だから突如、父親の切迫した激声でもって彼女の部屋を追い出され、次に入ることを許された時には、彼女が死んでいるなどとは到底信じられるものではなかった。


『――っ何でだよ！　何で蘭姉が……っ!?』

何度万里の拳が彼らの胸を叩こうと、父も春廷も防ごうとはしなかった。

ドン、ドン、と重苦しい音が胸を痛めつける度に、二人は悲しそうに目を眇め顔を逸らした。

『父さんも廷兄も大丈夫だって言ったじゃんか！　任せろって……絶対治すから大丈夫だって！』

『…………っすまない……万里……』

絞り出すような声で父が謝れば、万里の拳は一際強く父の胸を打った。そのまま膝が折れてズルズルと縋るように落ちていく万里の肩に、春廷が手を伸ばす。

『万里、ごめん。ワタシも父さんも色々手を尽くしたんだ。決して手を抜いたわけじゃない。だが……今の医術でも治せない病はたくさんあるんだ……っ』

『悔しいけど』と、春廷は万里を抱き締めた。

襲い来るやるせなさが、万里の肩を掴む春廷の指を強張らせていた。春廷の指先がギリギリと万里の肩に食い込む。

肩に痛みなど感じなかった。ただただ万里は胸が痛かった。

春蘭はもういない。

春蘭に恩返しすることはもう叶わない。

春蘭が笑いかけてくれることももうない。

春蘭を救うことすらできなかったのは……自分もではないか。

『──っ言い訳はいいんだよ！　ボクに懺悔して、自分達だけが軽くなろうとすんな！　一番悔しいのは、蘭姉だろうがよっ‼』

春廷を跳ね飛ばすようにして万里は立ち上がった。

父親と春廷は息を呑んで万里を見つめていた。

もう万里にも自分が止められなかった。

経験したことのない感情が、胸の中で暴れてまとまらない。

誰も悪くない。でも全員悪い。仕方なかったんだ。どうにかできたはずだ。最期まで彼女の傍にいたかった。その瞬間なんて見たくない。医術は立派だ。そんなもの無駄だった。

自分は何もできなかったじゃないか。

役立たず。

自分が滅茶苦茶に叫んでいる言葉の意味すら、万里には理解できていなかった。感情に無理矢理言葉をあてがっているだけで、そこに真意もなにもない。

手当たり次第に物を投げつけるように、万里は口に任せるままに言葉を吐き続けた。

そして、万里は言ってはならない一言を口にしてしまう。

『父さんと廷兄の人殺し――っ！』

とうとう耐えられなくなった父親は、そこで膝を折り床にへたり込んでしまった。

春廷が慌ててその身を案じるも、万里は涙に濡れた赤い目でただ二人を見下ろしていた。

『街の人達は治して、どうして蘭姉は治せなかったんだよ。何のために医学に行ってんだよ。何で二人もいて、蘭姉一人を救えなかったんだよっ！』

『万里……』

まだ十歳の子供に、配慮というものを求めるのは酷だろうか。

『ああ、もしかして治療の手を抜いたんだ？』

『万里！　言って良いことと悪いことがあるぞ！』

『――っじゃあ、なんで助けてくれなかったんだよ！　一番大切な人を助けられないんじゃ無駄じゃん！　役立たず！　人殺し！』

せり上がってくる感情が声だけでは足りぬと、目からも熱い雫となって溢れ出す。

咳き込みながらも、万里は血を吐かんばかりに二人を罵り続けた。

『蘭姉を返せよ！　ボクの蘭姉を……っ！　たった十年しか……っまだ、だって……ボクはまだ蘭姉に何も――っ』

噛んだ下唇は錆びた味がした。


月英は、万里や春廷が時折遠くを見つめる目に誰を映していたのか理解した。

「……分かってる。今なら、仕方なかったんだって思える。どうにもならないことなんか、この世にはたくさんあるんだって。でもあの時は……無理だった。ただの八つ当たりだって分かってたと思う。それでも言わずにいられなかったんだよ」

吐き出さなければ、万里も現実に耐えられなかったのだろう。

「言っちゃいけない言葉を言った時、後悔なんてなかった。それがやって来たのは二日後――久しぶりにアイツと顔を合わせた時だったよ」

春蘭が消えたその時から、家の中は灯りを失った。

まるで吹雪の中に裸で立たされているような心地だった。

前も後ろも分からず、足は雪に埋もれ動かすこともできない。自分を呼ぶ声は轟風に遮られ何も聞こえない。

家の中は寒寂の地となった。

そして、そう感じていたのは自分だけではなかったはずだ。

確かに三人は同じ家にいたというのに、万里には自分以外の気配など感じられなかった。恐らく顔を合わせないようにと、各自部屋に籠もっていたのだろう。

万里も部屋を出る気力すらなければ、二人と顔を合わせて何か言葉を交わすのも億劫だった。ただ窓辺から、いつか春蘭が猫を片手に『捕まえたわよー！』と叫んでいた李の木を眺めては、彼女の幻影を映していた。

二日、扉を閉ざしていた。

しかし、空腹というものには抗いがたく、渋々と万里が部屋を出れば春廷と鉢合わせた。

そこで見た春廷の姿に、万里はとんでもないことをしでかしてしまったのでは、と後悔が押し寄せたのだ。

「アイツは、姉さんみたいな格好をしてたんだ」

「お姉さんみたいな格好って……春廷は昔からあんな感じじゃなかったの？」

「全く。昔は普通にオレみたいだったよ。まあ、多少オレより上品だった感はあるけど」

「万里は品があるのは顔だけだもんね」

「ホゲェとかいう悲鳴を上げる奴に言われたかないね」

春廷は、いつも団子に纏めていた髪を背に流し、女物の羽織や帯を纏っていた。

「アイツはいつも優しかった。だからすぐに分かった。オレがあんなことを言ったせいで、アイツはオレのために姉さんの代わりをやり始めたんだって……オレのせいで変わっちまったんだって」

春廷の装いは次第に派手になり、髪には歩揺をさし、言葉遣いも春蘭のようになっていった。

「変わっていくアイツを見るのがしんどかった。姿を変えてしまうほどに、自分は相手を傷つけたんだって見せつけられてるようでさ。あんだけ酷いことばっか言ったのに、どっちもオレを叱らないんだよ……それがまた怖かった」

笑顔は少なくなったものの、父親も春廷も以前と変わらず万里に接した。

二人だけが、春蘭のいない現実に少しずつ馴染んでいっていた。

「今、お父さんは？」

「暫く帰ってないから詳しくは分かんねえが、多分、まだ街医士を続けてるんじゃないか？　よくやるよ……本当」

鼻を鳴らし、実に皮肉った言い方であったが、万里の顔を見ればそれが嘲笑でないことは分かる。

万里の表情を見て、月英は本当に彼が変わり始めているのだと感じた。

ふと街医士の話が出たことで、月英は先程抱いた疑問を思い出す。

「ねえ、なんで万里は医官にならなかったの？　医術に興味がないってわけじゃないよね。だって、僕よりあんなに医術に詳しいんだもん」

「オマエを基準に考えるのもどうかと思うが……まあ、オレも医学には通ってたからな。医官並みの知識も技術もあるし、オマエより知ってて当然ってこった」

「……万里って本当、一言余計だよね」

月英が瞼を重くして横目に睨み据えるも、万里は肩を竦めただけで微笑していた。

十五になった万里は、春廷と同じく医学へと進んだ。

そこで三年習業し、いよいよ礼部の卒業考試を受ける——という段階で、万里は医学を辞めた。

それから一転して科挙を受け、あっさりと官吏になってしまったのだ。

おかげで万里は医学で学んで官吏になったという、奇妙な経歴を持つこととなってしまった。

「なんでそのまま医官にならなかったの？　成績が悪かったわけでもないでしょ」

難関と言われる科挙にあっさりと受かってしまうくらいだ。試験に受かりそうもなかったから、などという理由は考えにくい。

「………んだよ」

再び抱えた腕の中に突っ伏してしまった万里の声は聞き取りづらく、月英は「え」と聞き返す。

「逃げたんだよ……っ！　医官になるのが怖くて……オレは逃げたんだ」

医学に入り学び、そしてこの試験を合格すれば医官――というところまで来て、万里は気付いてしまった。

このまま医官になれば、いつかは必ず誰かの命を託される場面が来る。そこでもし救えなかったとしたら、果たして自分はそれに耐えられるのだろうかと。

「もし、姉さんと同じ症状の患者がいて、それで救えなかったら……オレも姉さんを救えなかった人殺しの一人になっちまうって気付いたんだ。子供だったから救えなかったっていう言い訳が、全部剥がされてくんだよ。そこから現れるのは、子供だろうと大人だろうと、オレには姉さんは救えなかったたっていう事実だけ………っ堪んねえよ」

あれだけ好き放題八つ当たりしておいて、結局、治療もできず、最期も看取れず、一番役に立てていなかったのは自分、という現実が襲ってくるのだ。

十八の万里は、想像しただけで吐きそうになった。

「春廷とお父さんに、あの時はごめんって謝ったら良かったんじゃ……」

「謝れるわけねえよ。その時でもう八年経ってたんだぞ、八年……姉さんが死んだあの日から。その間、どれだけオレが二人に……っ」

もう、どうしようもなかったのだろう。

誰かを悪者にしていなければ、自分にその矛先が向いてしまうことに気付いてしまったのだから。

自分は悪くないと思うことで、何も気付かないふりをする。

「先に壁を作って、離れたのはオレだ」

兄を嫌い、家には戻らず、医術を捨てることで、万里は自分を守った。

しかし、全てを拒絶する壁を築いた結果、万里はより頑なに春廷や医術を拒むようになってしまった。

「でも本当は……っ、壁なんか構わずに、ただアイツに迎えに来てほしかったんだ」

自分だけではもう、壁の崩し方も解決法も分からなくなっていた。

自分を正当化するために自分の気持ちに嘘をつき続けた結果、にっちもさっちも行かなくなった万里。

「きっかけがほしかったんだね。謝るための」

突っ伏したままの万里の頭が微かに頷いた。

「――ってでも、アイツは全然来なくて……昔はあんなに一緒にいたってのに……同じ内朝にいても嘘だろってくらいに会うこともないし。今回だってオレを避けようとしてる……っ。やっぱりオレ、アイツに嫌われたんだろうな」

万里の声は湿り気を帯びていた。

出会った当初は、随分と上から目線で横柄な官吏だなと思ったものだが、今やかつての面影は全くない。

袖で雑に鼻を拭う姿など、そこら辺の子供のようだ。

「春廷がさ、自分は昔、万里を傷つけたって言ってたんだ。信じてくれた君を裏切ってしまったって」

二人の問題であり、二人でぶつかり合ってほしいものなのだが、このままだと万里が先に勘違いしたまま折れてしまいそうだった。

「裏切ったって……アイツそんなこと……」

「だから恨まれても当然だって」

「恨んでなんかない！　むしろ恨まれるべきはオレだろ⁉」

「そういうことは、僕じゃなくて本人に言いなよ。そのために今回一緒に来たんでしょ」

「うっ……」

ここから先は業務範囲外である。

月英は、顔の横に上げた両手をヒラヒラと振って拒否を示した。

顔を上げた万里が悔しそうに、ズビと赤くなった鼻をすする。

そこで自分の今の顔——目には潤みが残り、水気があった目尻や鼻は擦ったせいで赤くなっている――に気付いたのだろう。

「………見んなよな」

しまった、と恥ずかしさと気まずさが混ざった顔をした後、万里はふいっと反対を向いてしまった。

こんな時でさえ強がる姿がまたおかしくて、月英は忍び笑いを漏らした。

春廷は、治療をしていた天幕の外で色々な人に取り囲まれていた。

彼らの表情を見れば一目瞭然（いちもくりょうぜん）。子供の治療は成功したのだろう。

「春廷、お疲れ様！」

月英が手を上げて呼び掛けると、気付いた春廷は笑って頷いた。月英を見つけてどこかホッとした様子だった。

やはりあそこまで威勢良く言ってはいても、常に不安はあったのだろう。

少年の家族だろう者達に「ありがとう」と涙ながらに何度も感謝されている春廷は、困ったように手を振っていたが、同時にその目尻は嬉（うれ）しそうに赤らんでいた。

すっかり夜の気配は薄れ、東の空が黒から藍に変わりはじめていた。

「――そう、あの子から全部聞いたのね……」

人集りを離れた月英と春廷は、行き先も定めず足に任せて歩く。

「万里の後宮女人が嫌いっていうの、もしかするとお姉さんが原因なのかもね」

「そうかも。きっと万里にとって、女の人は姉さんのようにあるべきっていう思いがあったんだと思うわ」

「姉溺愛じゃん」

「ふふ、確かに。一番甘やかされてたしね。昔は姉さんやワタシにべったりだったし、ワタシ達も幼い末子は可愛かったもの」

眉を垂らして微笑する春廷の脳内では、まだ愛らしい頃の万里が駆け回っているのだろう。

しかし、それもすぐに曇る。

「……こうやって、いつまでもあの子を幼い頃のままって思ってるからいけないのよね、きっと。いつだってワタシの中の万里は、ワタシ達を遠ざけるように睨んで泣いていたもの。だから離れることを選んだのに……それが……ねぇ」

「万里も、実は少しずつ変わっていってたんだろうね」

その結果、二人はすれ違ってしまったのだろう。

「あの子のためかとも思っていたけれど、ワタシもあの子から目を背けてただけだったのかしら」

春廷の声には後悔の響きがあった。

「あ、そうそう。春廷って、昔はそんな口調じゃなかったんだね。万里は、春廷が姉代わりになろうとしてたって言ってたけど……」

「これは、そんな優しいもんじゃないのよ……ただ、自分のためだったのよ」

春蘭の存在は、春廷にとってもとても大きなものだった。

「あの時はワタシも結構キツくてね。姉さんを救えなかったこともそうだし、本当にもうこの世にいないいんだって思ったら……ギリギリだったのよ。だから、心にだけは姉さんを置いておきたかったの」

「お姉さんの名残のものを纏っていたかったってこと？」

春廷は緩く首を横に振る。

「ワタシ、姉さんのような人になりたかったの……見た目とかじゃなくて。決して弱さを見せない人だったわ。ワタシにも、父にも。夜中に一人ですすり泣く声を聞いたこともあったけれど、翌朝には何事もなかったようにケロッとして笑っていたわ。本当強くて、優しくて、それこそ彼女の周りはいつも明るくて、花のような人だった。だから格好や口調だけでも真似ていれば、少しは彼女みたいな人になれるんじゃないかって」

春廷は足を止め、思いを馳せるように、少しずつ明けゆく地平の彼方を見つめていた。

口元に引いた緩い笑みは、在りし日の幸せを思い出しているのだろう。

まだ朝日は地平の下に沈んだままだ。

しかし、春廷の目は眩しそうに細められていた。

有明の薄明かりを映す瞳には、哀切が浮かぶ。

「ちょっと春廷に似てるね、そのお姉さん」

万里と似ている目元は、恐らく春蘭にも似ているのだろう。三人が並ぶ姿は華やかだったに違いない。

「あら、そう思ってくれてるのなら嬉しいものだわ」

面映ゆそうに肩をすくめてクスクスと笑う春廷は、本当に嬉しそうだった。

そこで、いつも達観したようにしている春廷が無邪気に微笑む姿に、月英の悪戯心がくすぐられる。

月英は、「あーでもぉ」とわざとらしい声を出す。

「最初の頃の春廷は、優しくなかったよねぇ」

「あら、月英だって最初、太医院にやって来たときはヤケッパチだったじゃない。アナタこそワタシ達を拒んでたわよね」

少しくらい慌ててくれるかと思ったのだが、平然と返されてしまった。

しかも、己の恥部を掘り起こされて。

「あ、あれぇ!? 僕の方が何か不利じゃない!?」

全てを拒んでいた自覚はある。

どうせ三月だと、関わろうとしなかったのも事実である。

思い出すと、自分の不幸に酔っていたようで恥ずかしくなってくる。

月英が「勘弁して！」と熱くなり始めた顔をわっと両手で覆えば、クスクスと笑いながら、春廷は月英の頭を撫でた。

この手の温もりを、自分以上に今必要としている者がいる。

「ねえ、春廷。万里は君に歩み寄ることを選んだよ。だから、今度は逃げないであげてね」

「ええ、そうね。それにワタシも、あの言葉の意味を聞かなきゃだもの」

地平から顔を覗かせた朝日が、春廷の横顔を照らし出す。

朝にふさわしい、実に清々しい笑みを湛えていた。

5

昨晩、月英達の処遇をどうするかと話し合われていた天幕で、今は月英達と大于、老爺が向かい合って座っていた。

天幕の中に満ちる空気は、昨日と違って随分と柔らかい。

「改めて礼を言おう。春廷殿、感謝する」

「アルグを救ってくださり、誠にありがとうございます。何とお礼を申して良いのやら」

大于の隣で老爺が鼻をすすりながら、地面に頭を擦り付けんばかりに伏せていた。

「どうか、頭を上げてください。医官として当然のことをしたまでです」

慌てた春廷が、老爺の身体を起こしに駆け寄る。

「それにある意味、この結果は偶然だったのですから」

「ほう、そのように一か八かの賭けには見えなんだが」

「偶然、ワタシが知る病だっただけです。ただの熱病でも、罹患初期と長引いた場合とでは対処法が異なるのです。恐らく、ずっと初期の治療法を行っていたせいで悪化したのかと。もう少し病状が悪化していれば、ワタシには手の打ちようがありませんでした」

大于と老爺は、驚きに目を丸く見開く。

「随分と正直な……。良いのか、そのようなことを言って。『東覇の萬華国ができぬなど』と我らに侮られるやもしれぬぞ？」

ふ、と春廷は口端を緩めた。

「萬華国は確かに大きく、強権を持っています。しかし同時に、知らないことも多いのです。治療できない病はまだ多くありますし、それによって救えない悔しさを日々噛み締めております。医術に限った話ではありません。文化や教義も同じで……ですから、陛下はこの度、萬華国の開国を断行されたのです」

春廷は理解を求めるようでもなく、取り繕おうとしているわけでもなく、ただ事実のみを語っていた。

声を大にしても、荒らげてもいない。

しかしその静かさは、梵鐘の余韻のように大于の心の一番奥にまで響いた。

大于は瞼を伏せ、息を漏らして微笑する。

「我々は、お主達から実に真摯な対応をしてもらったのだな。嘘をつき、威武を誇張することもできただろうに」

「友交を築こうとする者相手にそのようなことは不要ですから。もし、今回のことで何かをと仰ってくださるのであれば、我が国の開国をどうか正面から受け止めてください。下心などなにもありません。ただ皆がより良く暮らしていけるようにと……ただそれだけです」

春廷は、大于から隣の老爺へと視線を向ける。

「先程、お孫さんのご両親に治療法を書いた紙を渡しました。これで、この部族では今後同じような病に陥ったときでも、助けることができます。このように、互いに知らなかったことを学べば、救える命も増えるのです。今はまだ偶然でも、それを確実にできる時が必ず来ます」

「最後までかたじけないですな。それに、その心掛けを聞けたらば、我らは善き友人を得たと言っても良いのでしょうな」

大于は「そうだな」と、瞼を閉じたまま深々と頷いた。

そして次に瞼が上がった時、彼は至極嬉しそうな、まるで子供のような純粋な笑みを浮かべていた。

「お主達のような者が仕える主ならば、娘を安心して任せられるわ」

「え」と、月英達三人の声が重なった。

互いに顔を見合わせ、もう一度「え」と、大于にどういうことだと困惑顔を向ける。

対して大于はしたり顔で、クックックッと喉を鳴らし笑っている。

「いやぁ最初、亜妃が心を塞いでいると聞いて、萬華国には失望したものだが……中々どうして。そちらに嫁がせて正解だったわ」

　大于はとうとう大口を開けて、呵呵と笑いはじめた。

　その様子は、まさしく豪放磊落という言葉が相応しい。

　膝を叩き、まだ状況が理解できずポカンと口を丸くしている月英達を見ては、より笑声を大きくしていた。

「私は、お主等が言う『亜妃』――烏牙琳の父親、烏牙石耶だ」

「はいぃぃぃぃ⁉」と、またしても三人の声が重なって響く。

「まさか、気付いていなかったとはな」

「あ、いえ……亜妃様が北の地の出とは知っていましたけど、どこの部族かまでは……」

　特に亜妃との面識がない春廷には無理からぬことだろう。

　しかし、面識があった月英と万里もやはり吃驚しているのだが。

「だって、亜妃様と大于さんって全然似てないですよ⁉」

「そうか？　よく爪の形がそっくりだと言われたのだがな」

「見ないいっ！　そこまで見ないです‼」

「ははっ、まあリィの顔は母似だからな」

　言いながら、顎髭をザリザリと撫でる大于はやはり亜妃とは似ても似つかない。

　これで気付けという方が無理である。

「今、隣に並べられても分からねえわ。美女と野獣だなとしか」

「なるほど。万里って亜妃様のことを美女って思ってたんだね」

独りごちた万里に、月英は口を歪ませ揶揄いの目を向ける。

己の発言の意味に気付いた万里が、慌てて自分の口に蓋をするがもう遅い。しっかりと揶揄いの種として使わせてもらうとしよう。

後宮の女は嫌いだなどと言っていたくせに、ちゃっかり品定めしていたとは不届き千万である。

このムッツリめ。

「そういえば、お主達。ここへは探し物をしに来たのだったか」

大于は膝を立て、その巨躯に見合わない軽やかさで立ち上がった。

「確か、お主はリィの好きな香りを持ち帰りたかったのだったな」

向けられた大于の視線に、月英は啄木鳥のように細かく頷き返す。

大于に敵意がないのは分かっているのだが、やはりその巨体で見下ろされるとどうしても圧倒されてしまう。

まるで獣に品定めされている兎の心地だ。

「ルウ爺、しばし空けるぞ。不在は任せた」

大于は隣に座していた老爺を見遣った。その口元は不敵に吊り上がっている。

「かしこまった。で、どこまで行かれるのです？」

「北だ」

その一言で老爺には伝わったのだろう。

老爺は「ああ」と得心の声を漏らすと、「随分とお気に召したのですな」と目元を綻ばせた。

「さて、それでは今宵出るとしよう。ここより北はもっと冷えるぞ。しっかりと旅の準備をしておけよ」

「ちょっ、え、待ってください！　出るって……え、旅⁉」

「時間になったら天幕へ迎えを寄越すから、それまで好きにしていろ」

「いや、答えになってないですって⁉」

待って、と手を伸ばす月英の横を、大于はその慌てぶりを楽しむようにガハハハと大笑しながらすり抜けていってしまった。

振り向けば、もう大于の姿は天幕から消えていた。あまりの急展開に、言葉を失って入り口を見つめる三人。

すると、老爺が「さて」と重たそうに腰を上げた。

「それじゃあ、好きにしろとの言葉ももらったようですので、お三方はぜひ我が家へとお越しいただけますかな」

老爺は曲がりかけている背を叩きながら、然れどもしっかりとした歩みで大于同様、月英達の横を通り過ぎる。

そうして入り口まで来ると、月英達を振り向き、大胆な隙間が空いた歯を見せて無邪気に笑った。

「覚悟なされい。琅牙族は義に篤い部族ですぞ」

夜もすっかりふけ、鈍色に発光する満月が中天から滑りおちはじめた頃。

現れた、もっこもこに着ぶくれした三人を見て、大于はたまらずに噴き出した。

「ふは……っ！　な、何だ……その毛玉のよう……っくふ……ナリは……ふふっ」

三人は、足元から首元まで毛足の長い裘に覆われていた。

三人の顔は赤く火照っており、実に暑そうである。

それだけならばただの防寒の装いなのだが、どうしてか三人は、身体の線など一切が無視され、ただただひたすらに丸かった。

一度転べば自力では起き上がれないだろう。実によく転がりそうな体形である。

大于は一つ咳払いをして、足払いしたくなる衝動を抑えた。

「それで、それはどうしたのだ」

「………ルウ爺に」

首巻きに埋もれた口で、月英がそれだけを呟いた。

しかし大于は、なるほど、と渋るように喉の奥で笑い納得に頷く。

大方、アルグの礼にと招かれた彼の家で、大層なもてなしを受けたのだろうなと容易に想像できた。

「北に行くと言えば、お酒まで呑(の)まされまして」

春廷が、火照った頬に手を当てようとする。が、腕がむっちむちで届かない。

「防寒具はあるのかって聞かれたんで、持っていた裘を見せたら」

万里が回想に空を仰ごうとする。も、ぎっちぎちに固められた首元のせいで微動だにしない。

「『北を舐(な)めるな！』と物凄(ものすご)い勢いで、何か……色々と着せられました」

身振り手振りで説明しているつもりなのだろう。が、月英の手は真ん丸胴体の横でぴっこぴこと跳ねるだけで、正直太りすぎて飛べない鳥にしか見えない。

「ははっ！　いやあ、すまんな。ルウ爺も随分と酔っていたのだろう。しかし、さすがにこれでは馬に乗れんな」

大于は必要最低限の防寒具だけに整え、転んでもどうにか自分で受け身が取れる程度にまで三人を細くした。

「さて、それでは行くか！」

大于の掛け声で、四人はより北へと馬を走らせた。


風が次第に冷たくなる。

吐く息が夜色に濃い白雲を描く。

衣服から出た肌が、冷たさを通り越してヒリヒリしてくる。

空に輝く不動星を目印に、月英達を乗せた馬はひたすらに北へ駆け続けていた。

しかし、大自然を全身で感じながらも、月英は一つだけ腑に落ちないことがあった。

「ねえ……何で二人とも馬に乗れるの？」

月英は嫉妬の滲んだ湿った目付きで、隣を駆ける春兄弟を見遣った。

「まあ、嗜みっていうか……」

「武官みたいな乗り方はできないけれど、普通に駆るくらいなら大抵の官吏はできるんじゃないかしら。むしろ乗れない方が――」

「この、裏切り者ォ‼」

てっきり、二人とも文官だから馬など乗れないと思っていたのに。なのに今、春兄弟は手綱を巧みに操り颯爽と馬を駆っている。

彼らの身なりも相まって、どこからどう見ても立派な北の地の民である。

このままここに置いて帰ろうか。

「僕だけ惨め……グスン」

一方、馬になど乗ったことのない月英は、大于の馬に一緒に乗せてもらっていた。

手綱を握る大于の腕の中で、所在なげに身を小さくして馬に跨がる。

ただでさえ小柄だと言われる月英が、大于の前にちょこんと座る姿は、端から見ればまるで大型獣に捕食されているように見えないこともない。

「あの、大于さん。僕は骨と皮ばっかりなんで美味しくないと思うんですよ。結構変な草とかも食べてきたんで、出汁も絶対不味いです。だから、食べるならあっちを……」

月英はあっちと春兄弟を指さし、大于に差し出した。

生け贄にされたことに気付いた二人が何やら言っているが、馬蹄と耳をかすめる風の音で聞こえない。ああ全く聞こえない。

三人のやり取りを、がはは、と大于は豪快に笑って眺めていた。

「腹が減ったらそこらの兎や鷹でも捕って食うさ。我らの狩猟の腕は、大陸随一だぞ！」

大于は誇らしげに、強靱な腕を叩いてみせた。

確かに説得力のある腕である。月英が、腕をもう四本生やして腕相撲しても敵いそうにない。

「さあ、そうこう言っているうちに、そろそろ目的地に着くぞ」

言われて視線を前へと向ければ、そこは穿子関から遠く見えていた、冠雪した山の麓であった。

大于が馬を止めれば、倣って春兄弟も馬を止める。

東の空は明るくなり始め、見上げれば綺麗な濃淡の帳が天上を覆っていた。

その真下の大地には、一面の白い雪が星の如くキラキラと月明かりに輝いていた。まるで夜空を写したような地上の光景に、声にならない溜め息がもれる。

しかし不思議なことに、雪原の隙間からは青々とした草がのぞいていた。

普通ならば、雪下の草など枯れているものなのだが。

もしかすると、北の地では常緑の草があるのかもしれない、と月英がその景色に思考を巡らせていれば、大于にひょいと持ち上げられ馬上から地面へ下ろされる。

「あの、ここに亞妃様の好きな香りが？」

目の前は一面の雪景色。亞妃は雪が好きということなのだろうか。

しかし、さすがに雪は持って帰れない。途中で溶けてしまう。

同じことを思ったのだろう。春兄弟も首を捻って、大于に視線を向けていた。

「大于さん、さすがに王都までは――」と、隣の大于を仰ぎ言い掛けた時だった。

月英の頭を、彼の手が無理矢理に正面へと戻した。

「ようく見ておけ、これこそが絶景だ」

「雪景色が？」と、月英が訝しげに眉を顰めた次の瞬間、突如、絶景が目の前に広がった。

「え……なに……」

大地に朝日が射し込み、雪原が輝きだしたと思ったら突然、視界一面が白一色になった。隙間に見えていた青すら全て白に塗りつぶされる。

そして同時に、強烈な芳香が辺り一帯に立ち籠めた。

「なに、この香り！　一体どこから……!?」

濃厚な甘い香りの中に、鼻孔を抜けるような爽やかさが混ざった香り。

月英の耳に彼女の言葉が蘇る。

『白くて……甘い澄んだ香りが……』

ハッとして、月英は目の前の絶景に目を凝らす。

そこで月英は気付いた。

雪だと思っていたものは、全て白い花なのだと。

朝日を受け、閉じていた花が一斉に開花したのだ。両手を広げるかのように、丸っこい花弁を大きく広げ所狭しと咲き誇っている。

月明かりにキラキラと輝いていたのは、花弁を滑る朝露だったらしい。

今は朝日を受け、宝石をばら撒いたかのように煌めいている。その荘厳とも言える幻想的なまでの美しさに、月英だけでなく春廷も万里も言葉を失っていた。

「もしかして、この花は亞妃様の……大于さんは知ってたんですね、亞妃様の好きな香りを」

大于の口端が、微かに上がった。

「あの子は、幼い頃から何かあると『ここへ連れて行け』と、私の袖を引っ張ってはよく言ったものだった」

腕組みし、目を細めた穏やかな表情で、目の前に広がる白い絶景を眺める大于。

それは亞妃から聞いていた、入宮を『ちょうど良い捨て場を見つけた』と思っている者の顔ではなかった。

「その度に私は、小さなあの子をお主にしたように腕の中に入れ、暁の中を馬で駆けたものだ」

目の前の景色の中にかつての亞妃の姿を思い描いているのか、大于の口角はゆるく持ち上がり、目尻には皺が刻まれている。

その表情は、北の地をまとめ上げる勇猛果敢な大于のものでも、他者を圧倒する威容の雄のものでも、小動物を捕食しようとする獣のものでもなかった。

ただ娘を想(おも)うだけの、どこにでもいる一人の父親の顔であった。

「すっげぇ！　これ一面全部花かよ！」

「こんな寒い地でこれだけ咲くなんて……こんな花、見たことないわ！」

感動の声を上げながら、万里と春廷は、引き寄せられるように花畑へと足を踏み入れていた。

驚きに目を輝かせ、足元に繁る可憐(かれん)な花を手にしたり、鼻を近づけたりしては、全身でその光景を愉しんでいる。

まるで甘い芳香につられた蝶(ちょう)のようだ。

「この光景こそが、我らが地が白土(ツアガン)と言われる由縁だ。雪の中で春を待つ強さを持った、朝日と共に咲く『待雪草(スイーファ)』」

「……待雪草(スイーファ)」

月英がその名を唇に乗せれば、花々は返事をするように風に首を振った。

小さな身体(からだ)を喜ばせるように揺らし、甘くとも清々しい香りを撒き散らす。

「この花には、もう一つ呼び名があってな……寒峻な白土の中でも、より厳しい場所に咲く姿に、我らの地では『希望の花』とも呼ばれている」

「希望の花」と、月英は口の動きだけで呟いた。

旭光(きょっこう)が角度を深くし、白はより一層鮮やかな純白となる。

視界を明るく染めるそれらは、光を抱く『希望』と言うに相応(ふさわ)しかった。

きっと彼女はこの光景を見て、幾度も胸に光を抱いたのだろう。俯(うつむ)きそうになった時も、足元が揺らいで膝を折りそうになった時も、逆境に負けずに咲く待雪草を前にして何を胸に抱いたのか、想像に難くない。

「希望の花……か」

確かに、これ以上に彼女に相応しい花はないだろう。

【第四章・待つあなたの元へ】

1

月英達が狄へ入った、と最北端の邑『青嶺』から連絡を受けて、既に一月近く経っていた。

狄で必要なものを採取するのに、一月もかかるものだろうか。

「いや、遅すぎるだろっ！」

燕明は焦れた思いに声を荒らげ、執務机にドンと拳を落とした。

「いくら何でも遅すぎはしないか⁉　月英達に何かあったのかもしれん。穿子関をくぐったという連絡はまだないのか⁉」

「確かに……狄に行って、二週間もあれば帰ってくるかと思っていましたが……」

青嶺から祥陽府までは、馬車で一週間といったところである。もし丸々二週間、狄にいたとしても、既に帰ってきていなければおかしい。

いつもは冷静沈着な藩季でも、この時ばかりは焦燥に背中を湿らせていた。

「こうしてはおれん！　穿子関へ青嶺の地方軍を向かわせろ！」

燕明が藩季に叫びながら、椅子をひっくり返さん勢いで立ち上がった――その時。

「ただいまでーす」

部屋に満ちた緊迫感を一掃する、何とも間抜けな声が外から聞こえた。

「…………」

「…………藩季」

燕明が目で合図をすれば、分かったように藩季は扉を開く。

「わあ、藩季様！　開けてくださって助かりました。ちょっと両手が塞がってて」

扉の向こうには、予想通りの人物がにこやかな顔で立っていた。

「よく戻った月英！　……って、どうしたんだ」

喜んだのも束の間、燕明は月英の姿に笑顔を引っ込めた。

「その……ぼろぼろの格好は……」

燕明と藩季は、月英の異様な格好に顔を引きつらせ、上から下まで何往復もその姿を眺める。

「狄はそんなに秘境の奥地のような場所だったか？」

「いえ、国書を読んだ限りでは、自然に擬態しないと生き残れないような生存戦略を試される地ではなかったはずですが……」

二人が困惑するのも無理はない。

月英の頭や身体には、名も分からぬ多種多様な草や蔦が絡み、顔や着物の至るところには、土やら何の汁か分からない謎の染みやらがついている。

極めつきは、背中にいくつも携えた大きな袋の一つが、先程から時折ガサゴソと動いているのだ。

何なのか聞くのも恐ろしい。

「そ、それで月英、無事に狄には行けたのだな?」

燕明は取り敢えずの報告を月英に求めた。

しかし、月英は『狄』という言葉で脳を刺激されたのか、意識を彼方へと向ける。

「あぁ……もう少し北に行けてれば、もっと色んな植物に出逢えたかもしれなかったなぁ。他にはどんなものがあったんだろ……」

「うん、月英。それで狄で目的のものは集められたのかな?」

「そういえば、ご馳走になった羊肉火鍋っての美味しかったなぁ。食膳処で作ってもらえないかなぁ。材料と作り方覚えてるし調理法を教えれば……」

「なあ、月英……」

「えへへ、楽しみだなぁ」

「………」

まるきり噛み合わない会話。もはや会話ではない。平行線上の独り言である。

燕明は月英では要領を得ないと、その後ろで佇んでいた二人――春兄弟に目を向けた。

ぼろぼろの格好なのは月英と同じなのだが、二人の方は精気を口から垂れ流し、目の光も失われている。

皇帝である燕明の視線を受け、二人は姿勢を正して適切な言葉を口にしようとした。が、疲れ果てた頭ではまともな思考ができなかったのだろう。

「あの、えー……その、ですね…………あの……」

しどろもどろの彼らの口から次に出てきたのは、実に心中察して余りある言葉。

「…………疲れました」

燕明と藩季は「お疲れ様」と、同情に力強く頷いた。

月英達が去れば、部屋にはまるで嵐が去った後のような、得も言われぬ安堵感があった。

燕明は藩季がついだ茶に口を付け、ほうと息をつく。

「何か知らんが、我々もどっと疲れたな」

「月英殿のあの元気は一体どこから来るのでしょうね」

「春兄弟の姿に心が痛んだよ……」

春廷と万里からの報告を総合すると、どうやら当初は狄の部族に捕まり、密偵疑惑をかけられて大変だったようだ。

しかし、その部族で病人が出て、それを春廷が治療してからは、一転して信用を勝ち取り良くしてもらっていたらしい。

またその部族というのが偶然にも琅牙族——亜妃の父親である烏牙石耶の部族だったというのだから、不思議な縁を感じずにはいられなかった。

そうして当初の目的通り、亜妃の心の病を治療するのに必要なものを手に入れ、そろそろ萬華国に帰ろうと琅牙族と別れたところで、問題は起こったようだ。

医官達からも嫌な意味で一目を置かれている、月英の『香療馬鹿』が出てしまったのだ。

香療術に関することとなると、周囲が全く見えなくなるという例の悪癖である。

月英は視界に植物を見つける度に、あっちへ行っては『わおぅ！』と喜声をあげ、こっちへ行っては『ひゃっほう！』と奇声をあげていたらしい。

直進すればすぐに穿子関だというのに、右に左に時には逆走までしはじめ、当初の予定の三倍は時間がかかったという。

実に想像に難くなかった。

「今度の春兄弟の休暇は、多めに付けといてやってくれ」

「かしこまりました」

藩季は苦笑して頷いた。

「まあ、取り敢えずは、目的達成できたとのことで良かったが」

燕明は百華園のある方を向いて、心配そうに目を細めた。

「早速に、月英殿は香療房へと戻ってしまいましたね。今頃、亜妃様のことを想いながら、精油でも作っているのでしょうか」

「これで亜妃も月英も、心を晴らしてくれると良いのだがな」

「大丈夫ですよ。亜妃様のことを想い異国にまで行く彼女の優しさが伝わらないわけがありませんから」

藩季がおかわりの茶を、空になった燕明の茶器に丁寧に注ぐ。

湯気と共に立ち上る香りには香ばしさがあって、美味そうだと燕明は思った。

以前までなら、このように茶の香りなど気にもならなかった。茶は茶、それだけであった。

しかし、月英と一緒に過ごすようになって、このような今までなら見逃していた些細なことにも気付き、感情を動かされるようになった。

何気ない場面から小さな愉しみを見つけ出せるようになり、日々が豊かになった。

彼女と一緒に過ごすうちに、燕明の日常は実に鮮やかなものへとなっていく。

知らない香りを知り、知らない感情を知り——知らないことを知っていく日々の面白さは、何物にも代えがたい魅惑的な刺激であった。

「あいつには不思議な魅力があるな」

恐らくそれは、国の頂に立つ自分すらも持ち得ない力。

「月英殿には、裏や表という考え方がありませんから。全てに真剣で、全てに真面目。ただ前を見据えてひたすらに歩み続ける。それは、私達大人が生きていく中で、少しずつ捨ててきたひたむきさ。だから皆、目を奪われ心を打たれ、彼女と共にいたくなるのでしょうね」

感慨深そうに瞼を閉じた藩季の顔は、しみじみと幸せを噛み締めているようで、見ている燕明まで も心が温かくなった。

「……裏表のなさ、な」

だからこそ、彼女の言葉はまっすぐに相手の心まで届く。

余計な警戒心や猜疑心を持たせないからこそ、すっと相手の心の奥——一番柔らかいところに触れることができるのだ。

「よくあんな劣悪な環境でひねくれず、こうも真っ直ぐに育ったものだな」

どれだけ悲惨な暮らしをしていたか聞いた時は、胸が痛くなったものだ。

「彼女の本性が根付く時に、溢れんばかりの愛を受けたのでしょうね」

ほんの僅かな時間であったかもしれないが、その愛が今の月英の根幹をつくっているのは間違いないだろう。

「二人の父親に感謝せねばな」

「ええ。私も三人目の父として負けないようにしませんと」

藩季は燕明の側近としてではなく、月英の父親としての顔で頷いていた。

燕明は一度深呼吸をすると、「さて」と、自らの頬を両手で打った。

パチン、と清々しい音が響く。

「臣下の方が優秀だと噂されては困る。ここは一つ、俺も皇帝としての役割をしっかりと果たさなければな」

口端を深く上げた燕明の目は、意欲に燃えている。

「藩季、筆を」

執務机に広げた真っ新な紙に、燕明は筆先を落とした。

紙の行く先は、北である。

2

実に一ヶ月半ぶりの来訪に、亞妃は目を丸くして驚いた。

「お久しぶりです、亞妃様」

「こ、香療師様？　あの、どうされたのでしょうか⁉」

大きな荷を背負った万里と共にやってきた月英に、亞妃は戸惑いを向ける。

「わたくしまた、何かご心配をお掛けするようなことでも……」

亞妃は月英の隣に立っていた万里をチラと見遣り、気まずそうにすぐに視線を逸らした。万里に以前言われた、『迷惑をかけるな』という言葉を気にしたのだろう。

月英は万里の横腹を肘で突いてやった。

急な攻撃に、万里は「オフッ⁉」と変な呻きを漏らしていた。ざまあみろ。

月英は戸惑う亞妃の元へ跳ねるようにして近付き、彼女の手を取った。

「亞妃様、お茶しましょう！」

「お、お茶でしょうか？　い、いえ、しかし……」

「時には、ほっと一息つくのも大切でしょう」

ね、と言う月英の笑みは、亞妃から『否』という選択肢を消した。

コト、と亜妃の前に出された茶は、今し方月英が手ずから淹れたものだ。

「あ、心配しないでください。毒とか入ってないですから――ほら、万里！」

「え、なに急んごごごごふっ⁉」

あやしい物は入っていないと証明するため、月英は万里を犠牲にした。

亜妃に出した淹れたて熱々の茶を、素早く隣の万里の口に流し込んだのだ。

「アッツァァァ！」と、舌を出してひーひー言う万里をよそに、月英は「ほらね」と亜妃に新たな茶を注ぐ。

「どうぞ、亜妃様。実はこのお茶、亜妃様のために僕達が作ったんですよ」

「え、『達』……ですか？」

「ええ、『達』ですよ」

月英は、隣でまだひーひー言っている万里を目で示す。

亜妃も月英の視線を追って顔を向ける。

「ひ～……って、何だよ……」

すると、二人から注目されていたことに気付いた万里は、ばつが悪そうに顔を背けた。

しかしそれは不機嫌からの行動ではなく気恥ずかしさからのものだと、彼の赤らんだ耳が雄弁に語っている。

まあ、あれだけ嫌味を吐いた相手に茶を作って贈るなど、どのような顔をすれば良いのか分からないのも理解できる。

「さあ、亞妃様」

月英が指で茶器を押してより近くへと差し出せば、亞妃はそこでようやく茶器に手を伸ばした。

茶器を包む手がじんわりと温められ、自然と亞妃の身体から力が抜けていく。彼女は小さく「いただきます」と呟くと、茶器にそっと口を付けた。

そして、コクリ、と喉を潤おした瞬間。

「——っこの、香りは！」

亞妃はただでさえ栗鼠のように丸い目を、さらに丸くして驚いた。

「こ、香療師様！　このお茶の香りは、もしや……っ⁉」

瞳を揺らして見上げてくる亞妃に、月英は微笑みだけを返す。

「そんな……っ、だってこれは白土にしか——ってまさか……まさか！　北へ行かれたのですか⁉」

「亞妃様、これは亞妃様の好きな香りですか？」

「————っ！」

亞妃はグッと口を引き結んだ。

「覚えて……いてくださったのですか……っ」

「もちろんですよ。白くて、甘い澄んだ香り」

それは、亞妃が一番初めに月英に望んだ香り。

「でも、それはもう終わったことでは……⁉」

「僕、言ったじゃないですか、堂々と気に掛けることができるって。たとえ香療師として依頼された仕事は終わったとしても、僕個人として亞妃様をお助けするのは自由ですからね」

亞妃は茶器を両手でぎゅうと握り締めた。

俯き押し黙ってしまった亞妃の手の中で、茶が細かい波紋を立てて揺れている。

「知っていましたか？　お茶って、身体の中に溜まっている悪いものを追い出す効果があるんですよ」

震えている亞妃の手を、優しく月英の両手が包む。

揺れていた水面が静まれば、そこに映ったのは、亞妃の今にも泣き出してしまいそうな顔。

「たくさん飲んでください。いくらでもお淹れしますから。だから、たくさん飲んで、たくさん心の中の曇りを吐き出してください。そうしたら――」

月英は身を寄せ、抱き締めるような近さで囁いた。

「――たくさん笑ってください、亞妃様」

次の瞬間、ポチャン、と茶が音を立てた。

なにかが、茶の中へと次々に落ちていく。茶だけでなく、亞妃の膝の上にも、まるで降りそそぐ雨のように透明な雫が落ちる。

「……………ふ……………う………………ッ」

室内には、か細い嗚咽だけが響いていた。

「――っ本当は、さよならと言えなかったのではなく、言わなかったのです。だって、言ってしまえば、本当にもう二度とあの地に戻れなくなってしまうと……っ寂しくて。たとえ居場所がなくとも、わたくしはあの地が大好きだったのですから」

ポツリポツリと紡がれるそれは、雨粒と一緒に流れ落ちた亜妃の雨音だった。

「怖かった……っ！　わたくしは亜妃です。亜妃でなければならないのに……でも、そう呼ばれる度に、わたくしの中から少しずつ白土が消されていくようで恐ろしかったのです。わたくしの名を知る者も聞く者もおらず、本当のわたくしすら消えて、この先一生、亜妃の皮を被って生きていかねばと思えば……それでも、亜妃を捨てることは許されません」

「それを、オレ達内侍官に言ったことは」

「言えるはずがありませんわ！　ただでさえ周囲に快く思われていないのは、分かっておりましたもの。そんな中で弱音など吐いて、さらに面倒な妃だと思われてしまえば、わたくしは架け橋としての役目も居場所も失ってしまいます。白土にも居場所がなかったわたくしが、この国でも居場所を奪われてしまえば……っどこで生きられると言うのです……っ」

なるほど、と月英は、亜妃の万里に対する妙な態度に納得した。

内侍官である万里に、下手な部分を見せてはならないと気にしていたのだろう。どうりで、彼へ向ける彼女の目に怯えが滲んでいたはずだ。

「本当は、皆様の顔色を窺うのにも疲れました！　このひっつめた髪型も頭が重くて嫌です！　本当は――っ」

そこで顔を上げた亜妃は、突然、手にしていた茶を一気にあおった。

ごくりと喉が鳴り、空になった茶器が卓へと丁寧に置かれる。

「――誰かに、このように全てを聞いてほしかったのです……っ」

涙で濡れた目尻や頬は赤らみ、震える繊細な睫毛には、雨に濡れた蜘蛛の糸のように細かな雫が飾られている。

彼女が瞬けば、それらは一つの丸い雫となって頬の上を滑り落ちる。

真珠のような美しい輝きをもった雫は、音もなく静かに彼女の赤らんだ頬を、杏色の口を、華奢な顎先を伝い、薄紅色の襦裙に濃い水玉をつくった。

月英は、空になった茶器に茶を注いだ。

雨が上がれば、きっと空を覆っていた分厚い雲も晴れるだろう。


すっかり嗚咽も聞こえなくなり、今はスンスンと鼻をする可愛らしい音だけになっている。

「すみません、落ち着きましたわ」と、小声で呟いた亜妃は、少し照れくさそうにしていた。

「――しかし、このお茶はどのように作られたのです。待雪草はお茶にできるような葉ではなかったはずですが」

「これ、茶葉自体は普通の萬華国の茶葉なんですよ」

「これが」と亜妃は首を傾げる。

「こちらへ来て飲んだお茶で、このような香りのお茶はありませんでしたが」

もう一度亜妃は茶を口に含み、そしてやはり首を傾げた。

心なしか、彼女の態度から飾り気が落ちたような気がする。

表情もどことなくスッキリとしている。

「茶葉は萬華国のなんですが、そこに待雪草の香りをつけたんですよ」

「そのようなことができるのですか!?」

「はい、移香茶と言います」

「い、こう……？」

クス、と月英は笑って作り方を説明する。

「茶葉に香りをつける方法は実は二つあるんですが、一つは精油を直接、乾燥させた茶葉に吹きかける方法。ただこれは、直接精油を口に入れることにもなるんで僕は使いません」

「精油は口にしてはいけない、ということですか？」

「そうですね。どのくらいの量でどのような影響が現れるか分からないんで、口にしないことが一番です」

「では、こちらのお茶は、もう一つの方法で香り付けを？」

月英は頷いた。

「精油を直接茶葉に吹きかけるのではなく、『香り』だけを茶葉に移すんですよ。箱に乾燥茶葉と精油の入った小皿を入れたら、蓋をして数日待ちます。茶葉には匂いを吸う性質があるので、それを使って香りを移すんです。だから実はこのお茶には、芳香浴のような植物特有の効能はないんですよねえ」

「そのようにして作られたお茶なのですね」

「数日かけてできるのは、ただの良い香りがするだけの茶なんだよな」

「だけとは失礼な！　まあ、その通りではあるけど」

　確かに、この茶を飲んだからと言って腰痛が治るわけでもないし、情緒不安定に効くというわけでもない。ただの良い香りの茶。

　すると、「そんなことはありませんわ」と亜妃が声を僅（わず）かに強めた。

　彼女は茶器に注がれた薄緑に鼻を近づけると、立ち上る香気を深く吸う。

「決してただのお茶では、このように懐かしい気持ちになれませんでしたもの」

　目を閉じ、心地（ここち）良さそうに口元を綻（ほころ）ばせた亜妃。

「もう……二度と望めぬものだと思っておりました。香りだけでも白土を感じられ、とても幸せですわ」

　ありがとう、と亜妃は初めて穏やかな笑みを見せた。

「それにしても、偶然でもよくこの花を見つけられましたね。これは白土の奥にしか咲かない花なのですが」

「実は偶然じゃないんですよ。この花のところまで案内してくれた人がいるんですよ」

「まあ、そのような優しい方が。どこの部族でしょうか」

月英と万里は顔を見合わせると、二人して肩をすくめて苦笑した。

クックックと喉を鳴らして渋るように笑う万里に、亜妃は少々頬を膨らませる。

「それ、お姫様のお父様ですよ」

え、と亜妃は頬から空気を抜いた。

そして月英に確かめるように、丸々とした目を向ける。

「大于さんです」

「大于……」

それは、皆が彼を呼ぶ時の名。

それは、亜妃が隣で一番聞いた父の名。

「亜妃様、もう一つ贈り物があります……というより、ある人から預かってきました。亜妃様に渡してほしいと」

そこで亜妃は、ずっと入り口に立てかけられていた大きな袋の存在を思い出した。それは今日、万里が背に携えてきた謎の袋。

一切話題に上らないので、すっかり亜妃も忘れていたのだが。

「しっかりと、その意味を噛み締めてくださいよ。お姫様」

「どういう意味ですの？」

万里は答えず、ずるい笑みを浮かべ亜妃へと袋を手渡した。

怪訝に眉を顰めつつも受け取った亜妃は、ズシリとした予想外の重みに驚く。

革紐でしっかりと縛られた袋の口をほどき、中にあったものを露わにした瞬間、亜妃は声も息すらも失ってしまった。

袋がめくれるようにして出てきたそれは——

「——弓……ですわ」

しかも、ただの弓ではない。

「これはお父様の……っ、どうして……どうしてこのような物がここに⁉ だってこれは、わたくし達白土の民にとっては命と同じくらい大切なもので——っ」

袋には、弓弦がまだ張られていない弓と矢が収められていた。

亜妃が引くには随分と大きいし、なにより弓束の色が、長いこと握り続けたように剥げている。

それは彼女が言った通り、大于の弓。

星が飛ぶように、亜妃は目をチカチカさせて弓を隅々まで見つめ、そして一度は引っ込めていた涙を、ぽろ、と落とした。

亜妃は、月英にも万里にも何も聞かなかった。

二人も何も言わなかった。

亜妃は、自分の背丈ほどもある弓を、愛おしそうにただただ抱き締めていた。

やはり、彼の言った通り言葉はいらなかったようだ。

自分には持ち得ない『家族の絆』というものに、僅かながらの羨望を覚え、月英はその時のことを思い出していた。

3

待雪草（スイーファ）が大地を白く染める光景を前にして、月英は心にわだかまりを抱えていた。

言わなくても良いことかもしれない。

他人の口から聞くことではないかもしれない。

しかし、二人が直接言葉を交わす機会はもう来ないかもしれないと思えば、このまますれ違ったままでいて良いはずがなかった。

『大于さん、実は亜妃様は――』

月英は、亜妃が今回の輿入れ（こしい）で抱いた思いや、北の地でどのように思い過ごしてきたのかを話した。

そして今、それらの過去全て（すべ）を捨てようとしていることも。

大于は最後まで口を挟まず静かに月英の話を聞いていた。全てを聞き終わった時、彼の口には真一文字の線が引かれていた。

『……リィが、部族に居づらく思っていることには気付いていた。だから、私は萬華国の開国を知って、すぐにあの子の輿入れを決めたのだ』

『亜妃様は、自分は脚が不自由で部族では役立たずだから嫁がされた、と言っていましたが』

『私含め、誰一人としてそんなことは思っていない。貰い（もら）手がなかったのは、私が全て断っていたからだ』

『え、そうだったんですか⁉　どうして、そんなことを……』

そのせいで、亞妃は自分が求められない存在だと、思い込むはめになったのだが。

『脚の不自由なあの子が別の部族へ嫁げば、苦労は目に見えていた。琅牙族にいても自分の身の置き場に苦痛を抱いていたのに、どうして他の部族にやれる。では同じ部族内でとお主らは思いそうだが、白土では族長の子は同部族内では結婚できん。不公平を招く理由になってしまう』

『それじゃあ、亞妃様をどうするつもりだったんです⁉』

『私がリィの一生を背負って生きていくつもりだったのだ』

『でも、それって……』

いつしか必ず別れがくる。

その時、一人になった彼女はどうするのか。

月英が濁した言葉の先を察したのだろう、大于は小さく頷いた。

『母親は一番下の娘を産んで亡くなった。そして、私もあの子よりきっと先に逝く。だが、リィには琅牙族という家族が残る。生まれた頃より時間を共にした者達は、たとえあの子が一人になろうと絶対に見捨てはしない。当然、皆の者もこれについては承知している。誰か一人があの子を守るのではなく琅牙族全体で守っていくものだと』

『そんな優しさの中にあって、どうして亞妃様は居場所がないだなんて思ったんでしょうか』

『あの子も立派に白土の民だからなあ……』

染み入るように、大于が呟いた。

困ったように片眉だけが下がってはいるが、同時に口は弧を描き、誇らしそうでもある。

『私に似て剛気なのだよ。自分で立てる存在でありたかったのだろうな。ただ守られるだけの自分を、あの子自身が許せなかったのさ』

そういえば、彼女は周囲の優しさが惨めになると言っていた。

それだけ彼女は己一人で立てないことを悔しく、不甲斐なく思っていたのだろう。強くあろうとするも、成せない自分という理想と現実との差異に苦しんで。

『あの子は皆に好かれている。優しく、強く、そして……ほんの少し、甘ったれだ』

そう言う大于の声に、叱責の色はなかった。

聞いている者が胸を鷲掴まれるような、甘く、嬉しそうな、慈愛に満ちた声。

『強すぎる者には誰も手を差し伸べん。差し伸べることが侮辱ととられかねないからな。だが、リィには皆、喜んで手を差し伸べる。それはあの子の本性が、「強」ではなく「優」にあるからだ』

月英には、大于の言葉がよく分かる気がした。

亜妃と知り合ってそれほど長い時を過ごしたわけではない。しかしそれでも月英は、亜妃の根本が優しさであるということを充分に理解していた。

彼女は優しいが故に強いのだ。

理想とする姿になりたいのは、全て誰かを想ってなのだ。

部族の枷になりたくない、北と萬華国との架け橋になりたい――それを優しさと言わずして何だと言うのか。

傲慢なところなど、彼女には一片も存在しないのだ。

だからこそ、亞妃が自身の理想とする自分であろうと、己の過去まで切り捨て進もうとする姿はどうしても見過ごせなかった。

『だから、僕が今ここにいるんですね』

月英も亞妃の強い優しさに手を差し伸べたくなった一人だ。

おそらく、万里もそうだろう。後宮の女が嫌いだと、亞妃の不調はただのワガママで、もう訪ねなくて良いと口では否定の言葉をあれだけ吐き続けていたのだ。

それなのに彼は、一度も月英の随伴からは逃げなかった。誰かと交替するなり、訪ねても早めに切り上げさせるなりすることもできただろうに、文句を言いつつも最後まで勤め上げた。

彼女の姿を見て、何かしら感じるものがあったのだろう。

だとすると、大于は亞妃の萬華国での様子を知ってどう思うのだろうか。

そこまで愛している娘が、心の病を抱える結果になってしまったのなら、やはり入宮を取り消したいと思うのではないか。

『あの、大于さん。やっぱり亞妃様の輿入れはなかったことに、とか考えてます？』

しかし大于は、意外なことに首を横に振った。

『言っただろう、リィは強いと。あれはもう、萬華国で亞妃として生きようとしている。それをまた私の勝手で戻せば、もう言い訳もできぬほどに、あの子に「自分は政治の道具だ」と思わせてしまうだろうさ。萬華国に嫁がせたのは、脚が不自由でもあの国では関係のないことだからだ。我らと違い、お主達の国では女が馬に乗る必要もあるまい。であれば、そこでならあの子も「普通」として過ごせるのでは、とな』

　確かに百華園にいれば、馬に乗る必要など絶対にないし、干戈を自ら交える必要もない。北の地のような自給自足という概念は、百華園にはない。

『その考えは今でも変わってはいない。どちらにしろあの子の心が辛くなるのであれば、私はお前のような――リィのためにこんなところまで来てしまう、大馬鹿者がいる場所にいてほしいと願うものさ』

　聞いているこちらの胸が絞られるほどに愛されている亜妃を、月英は素直に羨ましいと思った。同時に、これほどの愛情が伝わっていないことに、もどかしさも覚える。

『大于さんは、この話を亜妃様に伝えたことは』

　ふ、と大于は鼻から息を漏らした。

　そうして、ゆるりと月英に向けられた彼の顔は、どこかもの寂しそうであった。しかし、ただ寂寥だけを目尻に滲ませているわけではなく、同じ場所には安堵のようなものも見える。

『いつからだろうか……あの子が、私の袖を引かなくなったのは……』

　空に呟いた独り言は、朝風に消える。

『親の手を自ら離して歩む子に、どうして親の一方的な想いなど告げられようか』

『でも、言わなきゃ伝わらないじゃないですか』

『親の言葉は、手を離れた子にとっては余計でしかないのだよ。親とは、己が道を歩み行く子の背中を見守ることしかできぬ。どうか、この子の行く先が幸せでありますようにと、願うだけなのだ』

『そんな……僕には分かりません』

親子の正しい形どころか、一般的な形すら持たない月英では、大于の言葉を理解するのは難しかった。

『月英と言ったか。あの子を頼む……甘ったれな、あの子を』

『……どうしても、自分の口で伝える気はないんですか』

唇を尖らせてまだ食い下がる月英に、大于は苦笑する。

『であれば、あの子に一つだけ届けてはくれぬか』

大于は、馬の背にくくりつけていた荷物から、横長く飛び出していた弓を引き抜き、月英へと手渡した。

『言葉は？』

『いらぬよ、それだけで伝わる。伝わってくれる……あの子は、私の子だからな』

面映ゆそうにしつつも、歯を見せて豪快に笑う姿は、まるで少年のように無邪気だった。そんな満足そうな笑みを見せられては、何も言えなくなってしまうではないか。

月英は『確かに』と、受け取った弓を胸に丁寧に抱いた。

萬華国の手に渡ったそれを眺め、大于は瞼を閉ざすと、『ああ』と薄い吐息と一緒にもらした。

あれだけ大きかった大于の身体が、月英には少しだけ、ほんの少しだけ小さくなったように見えた。

『もう…………あの子が、私の袖を引くことはないのだな』

呟いた大于の顔は月英と反対側の空へ向けられており、その表情を見ることはできない。

ただ時折、ズッと鼻をすするような音が聞こえていた。

まだ朝方だ。寒さに鼻をすすることもあるだろう。

『願わくは、あの子の……リィの行く先が希望に満ちることを』

目の前に広がる眩しいばかりに輝く白は、神に祈るには相応しい光景であった。

やはり大于が言うとおり、娘である亜妃には全て分かってしまうのだろう。

縋るようにして弓を抱き締める姿は、決して『分かっていない』姿ではなかった。

「亜妃様、戻る場所はちゃんとありましたね」

狩猟を生活の基盤にする北の民にとって、獲物を狩り我が身を守る道具というのは、一心同体なのだろう。

それを渡すということが、どれほどの意味を持つのか。

そこには、決して『不要だ』などという想いはない。

『いつでも一緒にいる』——そう弓は言っているかのようだった。

「亜妃様、別に過去を捨てる必要なんかありませんよ。後ろを振り向かないことが正しさでもないです。過去があったからこそ、今の亜妃様がいるんです」

亜妃は月英の言葉を耳に、弓を見つめていた。

恐らくこの弓は、亜妃の過去をも間近で刻んできたのだろう。

亜妃は慈しむように、弓に入っているいくつもの傷を、一つ一つ指でなぞっていく。

「良いじゃないですか、誰もが褒める『架け橋の亜妃様』になろうとしなくて。誰も亜妃様一人に、そんな重い責任は背負わせませんって。もっと力を抜いてください。僕はほっぺを膨らましてる、普通の女の子っぽい亜妃様の方が好きなんですから」

「香療師様……」

亜妃は気恥ずかしそうに下を向いていた。

もし、燕明が亜妃を利用して、北に便宜を図らせるような卑怯な真似をしたら、即刻、芳香浴の精油を、あの『嘘みたいにくせぇ！』と万里に叫ばせた草汁に変えてやる。

あの臭い草は一度捨てたはずなのだが、帰ってきて袋を確かめたらまた入っていた。

恐らく大于と一緒に草むしりをしている時に、良かれと入れてくれたのだろう。あの香り――いや、臭いを知らないとは、幸せなことだ。

「亜妃様が無理をせず、ありのままでいられる場所をここで作っていきませんか。いくらでもお手伝いします」

きっとどうしても辛く辛く、萬華国に居場所がないようであれば、大于は両手を広げて亜妃を迎え入れるだろう。

亜妃も、大于の想いはもう理解したはずだ。

だからこそ、今、聞かねばならない。

「亜妃様、今だけは万里の存在は忘れ、どうか本音だけを聞かせてください」

月英が万里に視線を送ろうとすれば、それよりも先に、万里は自ら両手で耳を塞いでいた。

以前までなら鼻で笑って、「残念ながら監視役なもんで」とか言っていただろうに。今では耳だけでなく、目も口もきっちりと閉ざしている。

思わず口が緩んでしまった。

しかし亜妃に向き直る時にはもう、月英の表情は緊張を帯びていた。

「亜妃様、北の地へ戻りたいですか」

亜妃の顔がゆるゆると持ち上げられ、月英を捉える。

ここでもし彼女が『帰りたい』と言えば、月英はすぐさま燕明の私室に駆け込み、どんな手段を使ってでも帰郷の許可をもぎり取るつもりだった。

焦れた時間が過ぎる。

しかし亜妃は、はっきりと迷いのない声で言った。

「いいえ」

「亜妃様、本当ですか」

「ええ、本当ですわ」

言い切った亜妃の顔は、確かに少しの陰もない。真っ直ぐに月英を見つめる灰色の瞳には、光が射し込み美しく輝いている。

「ふふ、たくさん嘘を吐いてしまいましたもの。信じていただけないのも当然ですわ」

ですが、と亜妃は手にした弓に、甘えたように頬ずりをする。

「もう、わたくしは大丈夫です。何も、初めから寂しがることなどなかったのですね。わたくし、いつの間にか下ばかり向いて皆様のことを見ていませんでした。自分の境遇を嘆くばかりで……情けないですわ」

しかし、情けないと眉を下げつつも、亜妃の弓を見る目はどこか嬉しそうであった。

「父がこれを贈ったということは、そういうことなのでしょう。生きる場所は自分で選べと。白土の民は、欲しいものは全て己の力で得てきた者達です。土地も食べ物も全て。時には馬を駆り、弓を引いて、血を流してでも。だから……そういうことなのです」

自分の居場所は自分で勝ち取れ、ということなのだろうか。確かに、大于が言うに良く似合う台詞である。

亜妃は椅子から腰を上げた。

弓を手にして堂々と胸を張って立つ亜妃の姿は、彼女を剛気と評した大于によく似ていると月英は思った。

すると、亜妃はおもむろに自分の頭へと手を伸ばし、そうして、唯一の髪飾りだった歩揺を勢いよく引き抜いた。

たちまち、大きく波打った灰色の髪は鳳(おおとり)が羽を広げるように解け、彼女が頭を振れば羽ばたきのごとく背中で踊る。

射し入る光を受け白銀の雪のように輝く髪は、見る者の目を奪うほどに優美であった。

そして彼女の表情も今は、大空を自由に飛ぶ鳳のように解放感に輝いている。

亞妃(あひ)は天井を仰ぎ、気持ち良さそうに首を伸ばした。

「どこにいようと、わたくしはわたくし――萬華国(ばんかこく)皇帝華燕明(かえんめい)様の第三妃、亞妃ですわ」

高らかに宣言した亞妃は、清々しさで溢(あふ)れていた。

邑という概念を持たず、国という囲いも持たない北の民。

なにものにも縛られず、行きたい先まで求めることを許された大地に住まう人々は逞(たくま)しい。一所に留まることをせず、常に風のように揺蕩(たゆた)い生き続ける。

そのしなやかさこそが、彼らが峻厳(しゅんげん)な地で身に付けた強さなのかもしれない。

月英も万里(ばんり)も、眩しいもの――それこそ朝日に輝く一面の待雪草(スイーファ)を見るような目で、亞妃を見つめた。

見ている方まで、心が洗われるような心地(ここち)であった。

「ありがとうございます、お二人とも。危うくわたくしはここでもまた、大切なものを見落とすところでした」

亞妃は月英の手を取った。

これまで月英が亞妃の手を取ることはあっても、逆はなかったというのに。初めて握られた月英は目を瞬かせている。

「こんなに近くに、差し伸べられた温かな手があったのですね」

「気付いてくれて嬉しいです」

手を握り見つめ合う月英と亞妃。

笑みを分かち合った部屋には、最初の頃の凍てつくような空気はどこにもない。春という季節によく似合う、和やかな暖かさだった。

「あの、香療師様、よろしければ御名で呼ばせていただいてもよろしいでしょうか」

「もちろんです。月英って呼んでください」

「月英様……それと、欲張りなのは重々承知しているのですが、わたくしのことは、どうぞリィと呼んでくださいませんか？」

もじもじと頬を赤らめて言う亞妃に、月英は「良いですよ」とあっけらかんと答えたのだが、なぜか隣の万里の方がソワソワしている。

「ちょっと何、万里！　おしっこなの⁉」

ここで漏らされても困るので、我慢せずにさっさと行ってほしいものだが。

「ちげぇよ！　……あんまりお姫様と仲良くするんじゃねえぞ」

「うわ、性格悪っ」

急に亜妃から引き離すように腕を引っ張られ、ボソボソと小声でそう耳打ちをされたのだが、その内容に月英は軽蔑の眼差しを向けた。

「バッカ!? ここは陛下の後宮で、お姫様は陛下の妃妾なんだよ。本来なら手すら握ったらダメなんだよ。今までは、まあ、あれ……だったから安心させるためには仕方ないって大目に見てたけどよ。陛下以上に親密になるのはダメなんだよ」

「あ……あーなるほど……そーなるよねー」

万里が、あーだこーだと懸命に正しい後宮妃との距離感という、内侍官に伝わる秘術を教えてくれている中、月英は生中な相槌を打ちながら視線を横に滑らせる。

何となく後ろめたい気持ちだった。

女とバレてはいけないと気遣ってはいたものの、男として扱われるようなこともほぼほぼなかったため、すっかり忘れていた。

周囲からは、亜妃との関係は『異性』に映るのだということを。

「こ、これからは気を付けるよ」

「いーや、オマエの気を付けるは信用ならない。この間の態度だって――」

「はあ!? 何でわざわざ今それを持ち出すかなあ! それじゃあ万里だって――」

この際にと万里の不平不満が溢れ出せば、月英も反撃とばかりに騒ぎ出す。

すっかり場所を忘れてうるさくしている二人であったが、亜妃は怒るでもなく、二人の姿を目を細めて眺めていた。

そうして手にした弓に視線を落とすと、微笑を深めポツリと呟く。
「……さよならを言わなくて……良かった」
窓の外に見える景色は、白土とは似ても似つかない。
しかしこの地も、あの空も、全ては繋がっている。遠い遠い白土の地まで。
目を閉じれば、馬蹄の響きが聞こえてくる。
何度、袖を引いただろう。
何度、逞しい腕に囲われ駆けただろう。
何度、その大きな背中を見上げただろう。
だが、もう袖を引くことはない。
「――もう、わたくしは大丈夫ですわ。お父様」
亞妃は萬華の空に向かって笑みを送った。
ここで新たな待雪草を見つけたのだから、と背後の騒がしさに苦笑しながら。

4

無事に亞妃を笑顔にすることができ、香療房に戻って来た月英はほっと一息をついた。
「疲れたし、お茶でも飲んでゆっくりしようかな――って思ってたのに……何で君までいるんだよ
……」

「万里」と、月英は我が物顔で椅子に座っている男に重い目を向けた。

しかも、飄々と「茶飲むんならオレのも」などとほざいている。偉そうに脚なんか組んで。草汁を全身に塗りたくってやろうか。

「いや、っていうか間違ってるでしょ」

「何がだよ」

「来る房」

指で彼が行くべき房を示してやれば、ピタと万里の動きが止まる。しかし、目だけは忙しなく右へ左へと絶賛迷子中。

月英は、目の前で「はぁ」とこれ見よがしの溜め息をついた。

てっきり、北に行った勢いのまま解決するかと思えば。

万里と春廷のすれ違いは、今なお継続中であった。

「僕にはちゃんと言えたじゃん！　それと同じことを全部春廷に言えば良いんだって。一緒に北に行くって言った時のあの勢いはどうしたの⁉　春廷を引き留めた時の君のあの懸命さはどうしたんだよ！」

「あっ、ぁあぁぁあれは！　そ、それこそ勢いっていうか……異国に行ってちょっと気持ちが昂ぶってたっていうか……」

「はぁーっ！　なっさけない！」

溜め息を通り越したただの叫びを受けても、万里は珍しく月英に反論しなかった。恐らく自分でも、その不甲斐なさを分かっているのだろう。

　机に頬をつけ、すっかりと臆病風を吹かせている。

「オレだって、オマエの言葉やあのお姫様の姿を見て、変わらなきゃって思ったのは確かなんだよ。いつまでも膝抱えてないで前を向かないとって……でも、いざ顔を見るとさ、こう……ここまでは出てくんだけど、なんか……まあ、あれだよ」

「どれだよ」

「……そんな冷たくすんなって」

　どの口が言っているのか。

　初対面で碧い瞳を見て、『変なの』と鼻で嗤った者と本当に同一人物なのだろうか。北の地ですり替えられている可能性が浮上してきた。

　それは良いとして、いつまでも彼のウダウダに付き合う気はない。

　月英は、竈に火を入れると湯を沸かし始めた。

「分かった。取り敢えず、お茶は淹れてあげるよ」

　茶壺に茶葉を入れ、沸騰した湯を注ぐ。

「その茶葉って、お姫様用に作ったやつか？」

「これは違うよ」

「そっか……しっかし、まさか精油ってのがあんな大量の花からちょっとしかできないなんてな。しかも、移香茶は作るのに時間もかかるし。結構手間暇が掛かる術なんだな」

一緒に亜妃の茶を作った時のことを、思い出しているのだろう。

万里は視線を斜め上に飛ばしながら、「アレは鍋の蓋」「コレは精油瓶」と、房の中に置かれた精油作りの道具を指さし、ブツブツと確認している。

一度一緒に作っただけなのだが、手順までしっかりと覚えているようだ。さすがはと言ったところか。

「さあ、できたよ」

コトリ、と万里の前に茶を置く。

「それを飲んだら、さっさと向こうに行ってよね。君がいると僕がくつろげない」

「はあ？　茶くらい、オレがいても飲めるだろ」

「君と違って僕は繊細なの」

「多分それ、オレが知ってる繊細じゃない。極太は繊細とは読まないんだぞ？」

「さっさと飲め！」

どっかと万里の向かいに腰を下ろし、月英は自分用に淹れた茶に口を付けた。眉間に寄っていた皺が徐々に開かれる。

その様子を見ていた万里も、出された茶に手を付ける。

そして、一口飲めば——

「——っん！」

万里は驚きに目を瞠り、すぐさま月英に顔を向けた。

しかし、月英は外を眺めながら、平然として茶を飲み続けている。

「おい……まさかこの茶葉――」

「北はあんなに寒かったのに、こっちはすっかり春だよねぇ」

独り言のような言い方だったが、その声は万里にしっかりと聞こえるくらいには大きい。

「やっぱり春って言ったら、李だよねぇ。内朝にもいっぱい咲いてるし」

ハハ、と万里は笑った――わざとらしすぎるだろう、と。

淹れられた茶は、ただの茶ではなく移香茶。

そして香りは、何度も彼女の幻影を映しては溜め息をついた庭木――李の花。

「……ったく、いつの間にこんなもの作ったんだよ」

月英は素知らぬふりして、また茶をすする。

万里は残りの茶を一気に飲み干すと、茶器を勢いよく卓に置いた。コンッと一つ、気持ちを切り替える合図のような音が響く。

「ごちそうさん」と席を立った万里は、房の入り口へと足を向けた。

「あ、そうだ……実家のさ、庭にも李の木があるんだけど……今度花見にでも来いよ」

出て行く直前に足を止めた万里は、振り返らずそれだけを言うと、走るようにして隣の房へと駆けて行った。

足音が遠くなる。

隣の房が、騒がしくなった気配がした。

「全く……世話が焼ける兄弟だね」

実は朝礼時に、同じ茶葉を先に春廷には渡していたのだが。さて、彼も飲んでくれているだろうか。

たっぷりと二人して悪いものも良いものも、何でも吐き出してくれればと思う。今の二人ならきっと互いの言葉を受け止められるだろうから。

「ん、良い香り」

燕明は、久方ぶりに見る大于の大きさに、たじろぎを覚えずにはいられなかった。

しかし、そこは東覇の皇帝。

感情の揺らぎなどおくびにも出さず、顔には余裕の笑みを湛え、威儀を全身に纏わせる。

「遠くから足を運んでもらってかたじけない、烏牙石耶殿」

「なに、我々は駆けることには慣れておりますのでな。この程度の距離気になさいますな、華陛下」

先華殿の一室で、燕明と大于は相対していた。

最後にまみえたのは、燕明の即位式の時。その時は、それぞれの立ち位置が上と下に分かたれていたため、これ程に近くで顔を合わせるのは初めてであった。

燕明が手で席を勧めれば、大干はその類い稀なる巨躯を椅子に落ち着ける。

他の者が座ると、ちょうどかそれよりも一回り大きく見える椅子も、大干にかかればまるで幼児椅子のようになってしまう。狭い場所に尻をねじ込ませる姿を申し訳なく思いながら、燕明は早速に、彼に見合う椅子を誂えておく算段を頭の中で立てた。

どうせこれから先、このような機会は増えるのだから。

大干が「さて」と話題を切り出す。

「いただきました書簡には、我々と国交を結びたいと記してありましたが……真ですかな」

既に萬華国と狄の間には、朝貢関係ではあるが国交はある。

しかし、燕明が敢えて書簡に『国交』という言葉を使い、『結びたい』などと、現状と反するような書き方をしたのは、その言葉が今までとは違う意味を持つからに他ならない。

「我々を属国ではなく対等国として見る――そのように捉えて、よろしいのですかな」

燕明の真意を探るように、大干の瞳の奥で氷刃がひらめいた。

この強圧な眼光だけで腰を抜かす者もいるだろう。

しかし、正面からその眼光を浴びても燕明の表情は些かも崩れない。

そのことには、当の大干も僅かながらの感心を覚えていた。自分の息子よりも年若だというのに、実に堂に入った統治者っぷりである。頂に座る者は、決して下の者に動揺を悟られてはならないということを、この歳で理解し会得しているとは、と大干は口端をつり上げた。

「当然だ。むしろ私は今までの非礼を詫びたくある。ただ我が国が、少しばかり先に豊かになっただけのことだ。それで他国を下に置いて良い道理などなかったというのに」

「お互い様でしょう。我々も『狄』と呼ばれるのに、すっかり慣れてしまっておりましたからな……内心はどうであれ」

大于の笑みは崩れない。

しかし、付け足された大于の言葉に、燕明の眉宇は曇った。

「ですが、それに抗わなかったのも我らの事実。つまり、この朝貢関係はお互い様の結果なのですよ」

大于の瞳から、ふっと鋭さが消えた。新たな自分の妃となった彼女と同じ灰色の瞳が、穏やかに見つめてくる。

燕明が「では！」と声を明るくすれば、卓の上で組まれていた大于の岩のような手が、ぬっと燕明の前に差し出された。

「我ら北の地に壁はありません。我らも、ちょうど南の壁を煩わしく思っていたところです」

燕明は躊躇わずに、差し出された手を両手で強く握った。

「これからは共に歩んでいこう、烏牙石耶殿」

「対等ということで、もう尊称はつかわんぞ、萬華王」

突然の砕けた口調と不敵な笑みを受け、燕明は「もちろんだとも」と破顔した。

「烏牙石耶殿には、その方が似合う」

大于は皮膚が硬くなった皺だらけの自分の手と、燕明のはりのあるきめ細やかな手を見比べた。

それは、違っていても手は取り合える、と言っているようであった。


二人は先華殿を出て、行き先も決めずゆるりと宮廷を歩き回る。

官吏の走り回る足音や、武官の指示を飛ばす声が、さざ波のように遠くで聞こえる。

「亜妃(あひ)に会っていくか？」

燕明が百華園の方へ視線を向け尋ねるも、大于は首を横に振った。

「やめておこう。あれはもう、ここで亜妃として生きていくのだから」

「気を遣う必要はないぞ」

「気を遣っているのではない。信じているのだ。白土(ツアガン)では親子と言えど、一度手を離れれば一人の大人として対等に扱うものだ。託したいものはもう全(すべ)て託した。今度会うとすれば、それは白土の大于と萬華国の亜妃としてだろうな」

「それは、少し寂しくはないか？」

大于は「ハッハ！」と、体躯(たいく)に見合った大口を開けて笑った。大きな身体(からだ)が揺れれば、まるで山一つが動いているようだ。

「そうか、萬華王にはまだ子がいなかったな」

「幼少期にあまり良い思い出がないものでな……まだ暫(しばら)く子はいいと思っている」

大于は、己よりはるかに年若な大国の王を見下ろした。

この大国の王は、一度でも父親の腕の中に入ったことはあるのだろうか。

馬の尾のように艶(つや)やかな黒髪からは、良い暮らしをしているのだということが窺(うかが)える。しかし、良い暮らしが幸せな生活とは限らない。大国の皇子として生まれたのであれば、色々とあるのだろう。

大于は、燕明を少しだけ不憫(ふびん)に思ってしまった。

「……いつか、お主も子をもてば分かるだろうさ。親子とは人に見せびらかす関係(もの)ではない。心の中にだけ留めておけばいいのだ」

「そういうものか。良くは……分からんが」

燕明は眉根(まゆね)を顰(ひそ)めてはいたが、それは不服というより、本当に分からないという感じだった。

「そういえば、お主と同じ顔をしていたな。あの小(ちい)こい医官も」

「小(ちい)……月英か」

大于は「おお、そうだその名だ」と、楽しそうに手を打った。

「いやあ、あれには驚いた。開国したとはいえ、まさかたったの三人ぽっちでこちらまで来るとは。とんだ馬鹿もいたものだなと思ったことよ」

「それには私も驚いた」

よその臣下を馬鹿呼ばわりするとは、と普通ならば怒っても良いところなのだが、この時ばかりは燕明も力強く頷(うなず)いていた。

やはり他国の目から見ても、月英の行動は異質だったようだ。

今まで我慢を強いられる生活をしてきたせいか、月英には後先考えず思い立ったらすぐ行動、と反射で動こうとするクセがある。抑圧から解放された今、反動で歯止めが総じて弾け飛んでしまったせいだろう。

「……もう少し、考えて行動するように言っておくか」

額を押さえて牛のように唸る燕明を、大于は好意的に捉えた。

たった一人の臣下に、頭を悩ませられる王は少ない。

国の王とは、いかに臣下を駒と思えるかだと大于は思っている。ましてや大国であれば尚更であり、先代皇帝がまさにそうであった。

弱肉強食の世界で生きる白土の民ならば、強大な萬華国を作り上げてきた先代達は凄いと見るところだが、大于は今の皇帝——ひいては今の萬華国の方が好ましかった。

「しかし、彼らのおかげで我らが家族の命は救われた。救ったところで見返りはなく、むしろ下手をすれば、その身すら危ういといった状況だったというのに」

月英達からの報告で、燕明もその件については知っていた。

「我が国の医官は優秀だろう？　医官としても、人としても」

眉を上げて得意気に微笑む燕明に、大于も素直に頷く。

「医術知識もさることながら、学ぶべきところが多かった。何よりその馬鹿な行動が、我が娘のためであると知れば、私はもう嫌いになれぬよ」

誰をとは、大于は口にしなかった。その臣下達を、その臣下の行動を許した皇帝を、その皇帝を玉座につけた者達を——と、この状況を成しているのは、一つではないのだから。

「我ら白土の民は、家族を最も大事にする。たとえ血の繋がりはなかろうとも、義で繋がればそれは家族だ」

互いに視線を交わす。

黒と灰色の瞳が、同じ高さで交わる日が来るとは、誰が予想できただろうか。

やおらに、大于は己の親指に歯を立てた。

ブチッと皮膚が裂ける音がして、指の腹から血が滴り大于の唇を汚す。

「——萬華王、義を交わせるか」

ぬらりと赤く光る親指が、燕明に向けられた。

その意味は、説明されずとも理解できる。

燕明は自らの親指を口に運ぼうとした。

「言っておくが、これを交わさなくとも、私の態度は何も変わらないぞ」

再考を促すような大于の言葉に、しかし、一旦止めた指の腹を、燕明は躊躇いなく噛み千切った。

そして、驚きに目を大きく見開いている大于の親指に、自分の親指を押し付けた。

「烏牙石耶殿、若いからといって舐められては困る。これでも私はあなたと同じく、萬華の民の王だ」

下から見上げるようにして向けられた勝ち気な顔に、大于はふと鼻から息を漏らした。

確かにこの国は変わりはじめていた。

かの小さな医官が言ったように、この皇帝は今までとは違うのかもしれない。

もし、この王の優しさのせいで萬華国は弱くなったと揶揄され、戦火が及ぶことがあれば、誰よりも先に駆け付けようと大于は心の中で強く誓った。

「本当、この国の行く先が楽しみだ」


この会談により、萬華国と狄は朝貢関係ではなく、正式に対等国として国交を結ぶ運びとなった。

そしてこの時、調印誓約の証しとして萬華国から狄に贈られたものがある。

北の地には『狄』改め、『白国』という国号が燕明より贈られた。

燕明がどのような想いを込めて、白国という名を贈ったのかは詳しく語られてはいない。ただ彼はとある医官が持って帰ってきた、袋いっぱいの真っ白な花を殊更に気に入っていたという。

『希望の花』という名の、小さな白い花を。

#【終章】

1

亜妃に呼ばれ、月英と万里が芙蓉宮を囲う壁の門扉を開けた時だった。

背に、金糸雀声の嘲弄が掛けられたのは。

「あら、やだぁもう……まだ鼠が出るなんて」

「暫く見なかったから、てっきりいなくなったものと思っていたのに、ねぇ？」

振り向けば、実に既視感のある光景――袂で口元を隠したいつぞやの侍女達が、隠す気のない嘲りを口にしながら、芙蓉宮の門前を通り過ぎようとしていた。

侍女達は月英の視線に気付くと、顎を上げて明らかな侮蔑の視線を向けた。

それにしても、中々に度胸のある侍女達である。

確か、以前彼女達は鼠は『二匹』だと言っていたはずだ――月英と亜妃だと。

今、彼女達の目の前には後宮妃である亜妃の住まう宮があり、門扉も開いている状態だというのに。よくもこんなに堂々と陰口を叩けるものである。

「よっぽど馬鹿なのかな？」

「おい……っていうより、聞かれても問題ないって思ってんだろうな」

「なるほど、舐めてるわけだ」

「とりあえず、敵に回すと厄介だから無視しとけ。行くぞ」

ほら、と万里は先に門扉をくぐる。

月英も後をついてくぐろうとすれば、それをあしらわれたとでも取ったのだろう。侍女達は一瞬悔しそうな顔をした後、声を一段と大きくする。

「そういえばぁ、この宮の妃妾様ってどうやら病んでるらしいわよ」

「あらぁ、お可哀想。でしたら無理なさらないで、さっさと北の奥地に帰ればよろしいのに。そういえば、鼠って寒さに強いんだったかしら」

さすがにこれにはカチンと来た。

「すみませんが、その下品な口を閉じていただけませんかね。正直不快でして」

「おい、無視しろって……！」

万里がやめろと腕を掴むのも構わず、月英は宮に入りかけた足を引き戻し、彼女達を睨み付ける。

たちまち侍女達は色めき立った。

口を慍色に尖らせ、眉間をこれでもかと顰めている。

「あらぁ、どこで喋ろうと私達の勝手でしょう？　どちらかと言えば、あなた達の方が百華園では部外者だというのに」

「内侍官ならともかく、医官ごときに喋る場所まで指図される覚えはないわ。それに、私達のどこが下品なのか教えてほしいものだわ。ただ単にさっき鼠を見たから、話題に出しただけなのに」

するとと侍女の一人が「ああ」と、満面の笑みで手を打った。

「もしかして、ご自分のことだと思われましたぁ」

侍女達はクスクスと勝ち誇ったように、月英に嗤笑を向けた。

月英達を対象としているのは明らかだというのに、揚げ足を取って逃げようとする、その姑息さがまた腹立たしい。

「そうやってまた――――！」

月英が声を荒らげようとした刹那、横を高速の何かが通り過ぎた。

「キャアァ⁉」

「ひゃんっ！」

月英が「え」と怪訝に声を上げるよりも、侍女達が悲鳴を上げる方が先だった。

彼女達は地面に驚きの目を向けており、そこにはぶっすりと一本の矢が刺さっている。

「え……矢？」

まさかの矢である。

「ちょっと、何すんのよ！」

「あんた、私達に危害を加えようっていうの⁉」

「いや、あの……」

侍女達は月英が投げたと思っているようだが、当然、月英も驚きに目を丸くしている側である。

月英はまさかとは思いつつも、矢が飛んできた方――門の内側へと目を向けた。

そこで月英は更に目を丸くすることとなる。

「申し訳ありません。鼠という声が聞こえた気がして……」

芙蓉宮の真正面で、大弓を手にした亞妃がにこやかな顔をして立っているのだ。

万里の「まじかよ」という唖然とした呟きが聞こえた。同感である。

「せっかく弓が手に入ったので、腕が鈍らないようにと練習をしていたのですが……驚いて手元が狂ってしまいましたわ」

手に持っているものと、あまりにも乖離したまろやかな嬌声。

亞妃は、至極申し訳なさそうに溜め息をついていたが、矢をつがえる手は止まらない。

月英の視線で、侍女達は矢がどこから飛来したか分かったのだろう。困惑に顔を蒼白にして、「え」やら「あ」やらと言葉にならないようだった。

やばいと思ったのか、彼女達は互いに身体を寄せ合いながら、ジワジワと後退している。

「やはり腕が鈍っていますわ。これでは、まだまだ練習が必要ですわね」

弓がキリキリと引き絞られ、矢が真っ直ぐに侍女達に向いた。

「それで、どこですの………鼠は？」

それがトドメだった。

「い、いやあああああッ！」

「スミマセエエエエン⁉」

侍女達は互いを押し飛ばすと、先を争うようにして芙蓉宮の前から逃げ去る。綺麗な襦裙が乱れるのも気にせず、品のない悲鳴を上げながら先の角に消えていった。

侍女達のあまりの慌てぶりを見て、またも亞妃は予想外の反応を見せる。

「あらまあ……鼠みたいな逃げ方ですこと」

矢を射た張本人とは思えない、まるで『今日は魚料理なのね』くらいの軽い口調に、黙って見ていた万里がとうとう噴き出した。

「ふはっ！　ま、まじかよ……っははは、すっげ！」

「あら、わたくし、何か笑われるようなことをしまして？」

「いえいえ、女は怖いなと……人の世の妙味をしみじみと感じただけですよ」

確かに、この間までの様子からは絶対にこの姿は想像できない。

月英も、画から出てきたような異国のお姫様が、まさか身の丈ほどある大弓を引けるとは思ってもみなかった。

「どうやら、お姫様はすっかり変わられたようで……」

安心しましたよ、と万里は見直したとばかりに片眉を上げた。

恐らく変わったのではなく、元々あった彼女本来の気質が表れたのだろう。月英は、大于の『剛気なのだよ』という言葉の真の意味を理解した。

なるほど。これはあまりにも凜々しすぎる。

しかし、何故かここで万里の持病が疼いた。

「にしても、この距離で外すとは……もしかして、お姫様は弓が苦手だったりします？」

万里は、門扉の近くに立つ木と門との間で視線を往復させ、ニタリと意地悪な笑みを向ける。木の幹には一本だけ矢が刺さっており、的にしていたのであろうことが窺えた。

「まあ！　根っからのお姫様ですし仕方ありませんよね。琅牙族でも守られる側だったでしょうし、なんならオレが弓の使い方でも――」

「ギョエッ」

変な声がしたと思ったら、唐突に万里の目の前に、ぼとりと空から何かが落ちてきた。

足元に視線を向ければ、地面で鳩が痙攣しているではないか。

次に亞妃を確認すれば、天に向けた弓を下ろすところだった。

それが何を意味するのか。

「ふふ、ご安心くださいませ。峰打ちですわ」

はたして、弓に峰打ちという概念はあるのだろうか。

それよりも、本当に飛ぶ鳥を射落としたのであれば恐るべき技倆である。

万里は足元の鳩と亞妃とを、「え」「は」などと訳の分からない声を漏らしながら、交互に見遣っている。

「そういえば、ウジウジした女というものは、とぉっても根に持つ方が多いんだとか。侍女から聞きましたわ」

なぜそれを今言うのか、と万里は思った。

なぜ、飛ぶ鳥を射落とす神業を見せた今なのかと。

「それで……内侍官様は、わたくしのことを何と仰っていましたかしら？」

万里の背中を冷たいものが流れ落ちた。

「……ヤベェ」

「多分やばいのは、万里の寿命だよ」

「え」

月英は無言で万里に向けていた視線を、地面でのびている鳩に向けた。恐らく彼は、そこに含められた、あれやこれやの意味を察してくれたのだろう。

万里はじわりと膝を折ると、無言で地面に額ずいた。

一言多い男の末路を、亜妃と月英は憐れみの目で見下ろしていた。

「――あはは っ、そんなことがあったのね。全く、昔からあの子は一言多いから」
円窓から上半身を覗かせた春廷は、万里の芙蓉宮でのしでかしを聞いて、転げ落ちそうなくらいに大笑いした。
「本当だよ。あの一言余計なのは一生治らないんじゃない？　だって帰り道でも『やっぱり後宮の女は怖ぇ』とか言ってるんだもん。もう救いようがないね」

「兄としてもあの子の将来が心配になるわ」

二人は呆れに肩をすくめ、顔を見合わせて苦笑した。

すっかり月英の休憩所となりつつある医薬房の裏。医薬房の壁を挟んで会話するのは、二人のお決まりとなっていた。

特に狙って来ているわけではないのだが、春廷が現れるのがいつも月英が医薬房の裏にいる時なので、このように上下に並んで会話するという格好が根付いてしまっている。

そしてそこには、今や新たな住人の姿が。

「こらこら、猫美、それは猫太郎の饅頭だって。物欲しそうに眺めない。猫太郎も、自分の饅頭を献上しようとしない」

「あら、まだお腹が空いてるのね猫美ったら。草饅頭ならおかわりあるわよ」

「じゃあそれ、僕がもらうよ」

「猫と取り合いしないで」

猫美こと真っ白な猫こそ、医薬房裏の新たな住人ならぬ住猫であった。

実はこの猫、穿子関近くの北の地をトポトポと歩いていた猫である。

まるで高級裘のような長い毛に覆われた、抱き心地の良さそうなもっふりとした体。しかも瞳の色は黄色と青と左右で色が違い、ふしぎな魅力を湛えている。

加えて、「ふみゃ〜ん」と猫太郎とはまた違った、薄絹のような麗しい声で甘えてくる姿など、心を鷲掴まれない方がどうかしている。

実に人間を分かった猫である。

三人は、萬華国では馴染みのない姿の猫にすっかり虜になっていたのだが、いかんせん、王宮に帰るまでが仕事であり、関係のない猫を持ち帰るのは憚られた。

よって心苦しいが、猫とは穿子関前でお別れしたのだが、気が付いたらしっかりと後をついてきていた。

馬車に乗ろうとした時、背後で「ふみゃ〜ん」と麗しの声で呼ばれれば、腕の中へしまい込むのに躊躇などなかった。

一応の配慮として、燕明の私室を訪ねる時は袋に入っていてもらったのだが。それが彼の月英に対する『こいつ、また何をやった』という猜疑心を煽る結果になったとは、月英は気付いていない。

饅頭を食べ終えた猫太郎と猫美は、ちょんちょんと鼻を突き合わせると、二匹でどこかへ行ってしまった。心なしか、猫太郎の跳ね上げる足の高さが、いつもより高い気がする。

「良かったわね、猫太郎。友達ができて」

「そうだね。やっぱり一人じゃ寂しかったんだよ、きっと」

最初こそ警戒していた猫太郎だが、猫太郎以上に自由な猫美に振り回されるようにして、すっかり打ち解けてしまった。

「にしても猫太郎に猫美って……本当、月英は美的感覚が壊滅的よね」

「でも覚えやすいでしょ」

「まあ」と納得するのが癪なのか、春廷は口角を引き下げ不服そうな顔をしていた。

「それで猫太郎と猫美は良いとして、そういう春廷はちゃんと万里と話せた？　万里も春廷も、言いたいことちゃんと全部言った？」

コツンと壁に後頭部を付ければ、頭の上で、ふと息を抜く気配があった。

しかしそれは憂鬱から来るものではなく、思いだし笑いのような温かなものであり、月英は安堵を覚える。

まあ、万里の様子から、上手くいったのだろうと察してはいたが。

「久しぶりに家族全員で卓を囲んだわよ。父さんがあんなに喋って笑う姿を見たのなんていつぶりかしら。急に長生きしないとなとか言い出すし……万里も、これからは時々家に顔を出すって言ってたわ」

「お父さんの寿命が延びるなら良かったね」

変な月英の相槌に、春廷は「そうね」と噴き出すと一緒に眉を下げた。

「止まっていた時間が嘘みたいに流れ出したの。流れに石を置いていたのは、きっとワタシ達全員だったのね」

すると、月英の旋毛がツンツンと突かれる。

顔を上げてみれば、満面の笑みの春廷がこちらを覗き込んでいた。

「ありがとう、月英」

春爛漫といった鮮やかな笑みは、今まで見てきた彼の美しい表情の中でも、一等の美しさを誇っていた。

「どういたしまして、春廷」

月英も負けじと、満面の笑みを返した――ところで突然、春廷が思い出したように「そういえば」と独り言の大きさで呟いた。

「春廷どうしたの？」

「あーあのね……いや、やっぱり……んー」

言おうか言うまいか、とても悩んでいる。

一体何だというのだ。

「あーうん。こういうのは本人から聞いた方が良いでしょうし、やっぱり何でもないわ」

「すっごい気になるんだけど……」

隠されると余計に気になるというもの。

「まあまあ、お楽しみは寝て待ってて……ってことで」

口を指先で塞ぎ楽しそうに笑う春廷に、月英は首を傾げたのだった。

2

この頃月英は思うのだが、皇族専属医の呈太医よりも、自分の方が燕明と接する時間は多いのではと。

月英の居場所と言えば香療房か燕明の私室と言えるほど、すっかり馴染んでいる。

「仕方ありませんよね。月英殿は私の子ですし、子が父に会いに来たいと思うのは当然ですから」

「待て。さらっと、さも自分に会いに来ているかのように認識を改竄するな。月英は俺に会いに来ているんだが」

「燕明様、眠気が残っているようでしたら、一度顔を洗われてはいかがです？」

「もう夕方なんだがな」

残る眠気も何もないだろう。完全におちょくっている。

「ていうか、まず人の心を読まないでくださいよ、藩季様」

相変わらずどんな技なのか謎である。

「それと、僕は別に陛下に会いに来てるわけじゃないんですよ。ここ最近は、色々と報告することが多かっただけです」

やはり、燕明を訪ねる機会が多かった一番の理由は、亞妃の様子を報告するためであった。

「何もそんなにハッキリバッサリ切らなくとも……」

「不憫ですね、燕明様」

「お前もハッキリ言いすぎだ。もう少し隠してくれ」

相変わらず、主従がどちらか分からない関係性をしている。

見ている分には愉快なのだが、そろそろ燕明が爆発しそうだ。執務机の上で握った拳が震えている。

「――って、藩季のことなどどうでもいい！　今日の本題は亞妃だ、亞妃！」

案の定、燕明は声を張り上げいつも通り無理矢理軌道を修正する。

「それで月英、亜妃はもう大丈夫なのだな」

「大丈夫ですよ。むしろ、今の彼女に敵う人は後宮にはいないんじゃないですかね」

『敵う』などと、今までの亜妃とは繋がらない言葉が出てきたことに、燕明と藩季は顔を見合わせて、「どういうことだ」と月英に首を傾げて問うた。

月英が「実は……」と、先日の侍女との騒動と、万里に対する示威行為を笑いながら話せば、二人は「まさか」と目を瞬かせていた。

「まさかあの物静かな亜妃に、そのような一面があったとは……」

「まあ、亜妃様も狩猟民族である白国の民ですからね。それに、あの烏牙石耶様の娘でもありますし」

「確かに。そう言われれば納得だな。まあ、姿はまるで似てはいないが」

視線を宙に飛ばし、クツクツと喉の奥で笑う燕明は、きっと大于と亜妃の姿を並べて思い出しているのだろう。

耳より情報として、大于と亜妃の爪の形がそっくりらしいことを教えてやれば、「しょうもなっ」とさらに笑みを深くしていた。

「——しかし、移香茶だったか？　お前が北の花で作ったものは」

「ええ。お茶っていう萬華国の文化と、待雪草っていう白国の香り……二つがあったからこそできたものです」

「まるで、萬華国と白国の架け橋になろうとした、亜妃のような茶だな」

「とても温かな女性ですよ、亜妃様は」

「月英も、とても温かだよ」

蕩(とろ)けるような穏やかな表情で思いがけない褒め言葉をもらい、月英は面映(おもは)ゆそうに視線を落とした。

もごもごと、嬉(うれ)しさで口が勝手にニヤけてしまう。

「亜妃のことを最後の最後まで諦(あきら)めなかった。きっと、亜妃の笑顔は月英にしか取り戻せなかったのだろうな……そんな臣下を持てて、俺は嬉しいんだ」

「ありがとう、月英」と、燕明が目礼を送った。

褒められることなど殆(ほとん)どなかった月英。

正面からの褒め言葉と感謝の言葉に、口の中が酸っぱくなった。

嬉しさと気恥ずかしさと、そして仄(ほの)かな誇らしさが、月英の胸の内側を優しくくすぐる。

「い、いえ……その、僕こそ結構自由を許してもらってて……北に行かせてももらったし……だから今回のことはできたって言うか……その、つまり――」

「つまり？」

足元に向けていた視線を上げれば、正面には慈愛とも呼べる温かな目でこちらを見つめる、燕明と藩季の姿。

「――っつまり陛下も、とっても温かいんですよ！」

勝手にニヤけてしまう口に、言うことを聞かせようと力を入れた結果、思いがけぬ大声になってしまった。

ハッとして口を両手で押さえてみるも、後の祭り。

突然の大声での賛辞に、一瞬顔をきょとんとさせていた二人だったが、月英の『やってしまった』とばかりの表情を見て盛大に噴き出した。

「ははは っ！　良い照れ隠しだ！　なあ、藩季」

「月英殿の照れ顔は貴重ですからね。しっかりと目に焼き付けましたよ」

「その線みたいな目にどうやって焼き付けるんだ？」

「眠いんですね？　待っていてください、すぐ永眠らせますから」

また始まった燕明と藩季の口喧嘩を、月英は微笑でもって眺めていた。

――この人達は、いつも僕に色々な感情を分け与えてくれる。

医官という立場を与えられ、誰かと分かり合える喜びを知った。

香療師という職でもって、認められる嬉しさを知った。

最後の父親だからと優しく抱き締められ、人の温もりを知った。

それで充分に月英の心の世界は色付いたのだ。しかしそれでもまだ、彼らは何かしらの感情を与えてくれる。

長いこと心の中で埋もれていた感情を、砂を掻き分けるようにして一つずつ見つけ出してそっと手に乗せてくれる。

改めて、月英は香療師としてこの場に留まれて良かったと思った。

「――あ、それと実は、白国に行ったことで思い出したことがありまして」

亞妃の報告も終わり、ゆったりとした空気の中、いつものお茶会が始まっていた。その中で、月英が桃饅頭（ももまんじゅう）片手に発した言葉。

「多分、僕、過去にも白国に行ったことあります」

「はあ⁉」

「そんな馬鹿な⁉」

月英の言葉は、一瞬にして空気に緊迫感を与えた。

あまりの衝撃的な言葉に、燕明も藩季も思わず椅子から立ち上がっていた。

しかし、先に燕明が冷静さを取り戻し、落ちるようにして長椅子に腰を乱暴に下ろす。

「待て、それはおかしい。俺は子供の頃（ころ）、赤子のお前を見ている。その時お前は、まだ一つになるかならないかだったんだぞ。一体、いつ行けたというのだ」

「もしかして、その後……っ男、に連れ回されていた時ですかね。違法な抜け道があったとか」

藩季は月英の養父達を、『父親』とは言わなかった。一瞬言い掛けた口を噛（か）んで閉ざし、『男』と忌々しそうに濁す。

それは月英の最後の父親である藩季の、『一緒にされてたまるか』という思いからなのだろう。

連れ回されていたという言葉も、養父達と一緒にいたのが月英の意思ではないことを繊細に汲んでくれた結果だろう。

本当、優しいことこの上ない。

「確かにかつては、そのような抜け道や手引き人などもいたようだが、父の代で徹底して潰されたからそれは考えにくいな」

燕明は口元に丸めた手を添え、思考の整理をぶつぶつと独りごちる。

「月英、多分ってことは記憶は曖昧なのか？　いつぐらいのことだ」

「恐らくですけど、陛下が僕を見るよりも前です」

「っていうと、まだ赤子も赤子ではないか⁉　勘違いじゃないのか。確か、お前の父親は、お前は萬華国で生まれたって言っていたんだぞ」

「それ、嘘ですよ。多分」

驚きすぎてもう声も出ないのか、燕明は一時の後、長い溜め息をついた。

「陽光英は、何から何まで嘘を言っていたわけか……一体、どのように生きてきたんだ」

よくあの場で、それだけの嘘をつき通せたものだと燕明は呆れのような感心を覚える。

「待雪草の香り……僕は確かにあの香りを知っていたんです。待雪草だけじゃない。乾いた鼻の奥を刺すような冷たい風も、砂と獣の混じった生々しい命の香りも……」

白国からの帰り道、様々な香りに触れたことで奥深くに眠っていた記憶が刺激されたのだろう。

普通でも決して思い出せないであろう、赤子の時の記憶が。

「香りって視覚や味覚より早く脳に届くって言ったの覚えてます？」

「そういえば……」

「それが香療術の仕組みですもんね」

月英は頷（うなず）く。

「これって、記憶にも当てはまるんですよ。視覚よりも嗅覚の方が、より強く記憶と結びついて脳に記録されるんです。だから、その時と同じ香りを嗅（か）ぐと、記憶も一緒に呼び起こされたりするんです」

「なるほど。それが本当でしたら、もしかすると萬華国に帰ってくる前は……という可能性もありますね」

「もしそれが本当だったら、お前は異国で生まれたことになるな」

月英は思い出すように、静かに瞼（まぶた）を閉じた。

間違いなく、月英はあの白国の香りを知っていた。

記憶の欠片（かけら）がチカチカと明滅しては、暗闇（くらやみ）に溶ける。砕け散った玻璃（ガラス）のように、浮かぶ景色（けしき）は断片的で、時系列も混在している。はっきりした一枚画のように思い出せるわけではない。

しかし、耳の奥で誰かが囁（ささや）くのだ。

『月英、これが――だよ』と。

ゆっくりと、瞼を上げる。

目の前では、頬杖（ほおづえ）をついた燕明が凪（な）いだ瞳（ひとみ）に月英を映していた。

「いつか、お前の生まれた地に行ってみたいものだな」

「そうですね。一度は……」

父の足跡を、そして母についても知れる日が来ればと思う。

3

「どうやら亞妃様の体調は戻られた様子。いやはや、良かったと喜ぶべきなのか、これはこれでまた面倒臭いと言うべきなのか……」

呂阡は神経質そうに、指先で書類を捲っていく。

「しかも、なにやら早速百華園で騒ぎを起こしたらしく、桂花宮から苦情が来ていましたよ。何でも侍女が脅されたとか何とか」

「その件について芙蓉宮のお姫様に非はありませんよ。オレもその場にいましたから。桂花宮の侍女達の性格が悪かったってだけです」

呂阡は目の前に立つ万里をギロリと一睨し、そしてまた手元へと視線を戻す。

「問題の火種が増えたことは憂慮すべきことですよ。全く、例の医官も余計なことをして。和を乱してないと生きられない病かなんかでしょうか。わざわざ狄まで行くとは……それを容認した陛下も陛下で――」

「狄ではなく白国ですよ。先日、布令が出ましたよね」

呂阡の言葉を訂正で遮った万里に、呂阡は書類を捲っていた手を机に叩き付けた。

「一体何ですか、春万里！　先程からそこに突っ立って。何か用件でもあるのですか？　ないのであれば、私はあなたの感想に付き合っている暇はないのですから、さっさと仕事に戻りな――」

ただでさえ瞳が小さい呂阡の三白眼が、興奮にさらに瞳を小さくした時、万里がついと手紙を机に置いた。

突然差し出された手紙の題字を見て、呂阡の瞳はそれこそ点になる。

次の瞬間、呂阡の眉間にかつてないほどの谷が刻まれた。

「……春万里、これは何ですか」

机に置かれた一枚の紙を手に、呂阡は目の前で素知らぬふりをしている万里を睨んだ。呂阡が手にしている手紙には、『辞表』としっかり記してある。

「見ての通りのものですが？」

はぁ、と呂阡は頭が痛いと溜め息で伝える。

「…………理由はなんですか」

「逃げるのはもうやめたんです」

万里は、眉一つ動かさぬ涼しい顔をしていた。

「逃げるとは何のことです。分かるように話しなさい」

「自分の本当の気持ちから……ですかね」

訳が分からないと、呂阡の眉間の皺はさらに深くなっていく。

「多分このまま官吏として進んでも、オレなら結構良い位置までいけると思うんですよね」

「自意識過剰です……が、概ね(おおむ)そうでしょうね。あなたなら、私のように若くして長官席に座ることも可能でしょう」

万里は「どうも」と人懐こい笑みで顎先(あごさき)を下げた。

「でも……オレは多分、呂内侍の椅子に座った日には後悔すると思うんです。その座り心地良さそうな椅子の上で、オレは呂内侍みたいに眉間に皺寄せて、選ばなかった道ばっかりをずっと気にする羽目になるんですよ」

選ばなかった道というのは、もしかすると彼の奇妙な経歴のことだろうか。

「し……っ」

呂阡は口を開きかけて、出そうになった言葉を呑(の)み込んだ。

『くれぐれも、上が下の邪魔をしてはならんぞ』――記憶から蘇(よみがえ)った孫二高(そんじこう)の言葉が、呂阡の言葉を奪っていた。

「……理由は分かりました」

しかし、まだ納得はできない。

頭ごなしに否定をして邪魔をするつもりはないが、せめて納得できるだけの言葉はほしかった。

以前まで、彼は自分と同じ考えを持っていた。煩わしい変化には、軽蔑(けいべつ)の眼差(まなざ)しすら向けていたというのに。

しかし今、彼の眼差しからは憧憬(どうけい)ともとれる温(ぬく)もりが見える。

一体彼になにが——呂阡は、そう思わずにはいられなかった。

「春万里……あなたはこの椅子に座ったら、後悔する日が来ると言っていましたが、やり直した先でも後悔する日が来るのではありませんか⁉」

「まあ、そうでしょうね」

「でしたら、やはりこのまま……っ！」

「ですが、今やり直さなかった時の後悔の方が、ずっとずっと大きいんですよ」

「なぜ分かるのです⁉」と、訳が分からないとばかりに、呂阡の癇癪（かんしゃく）めいた声が飛ぶ。

「いや、先のことは分かんないですよ。ただ……先を見続けることだけは諦（あきら）めたくないんです」

万里は口元に穏やかな笑みを描いていた。

果たして彼は、これほど優しい顔をする者だっただろうか。

呂阡は万里の表情を前に、彼はすっかり変わってしまったことに気付いた。まだ変わりかけているだけだと、打つ手はあると思っていたが、それは甘い考えだと知る。

いつの間にか黒が白になっていた。

「それに、いい加減オレだけ置いてかれるのも癪（しゃく）って言うか……まあ、負けたくないって思っちゃったんですよね」

照れくさそうに頬を掻きながら言う万里の姿を、悔しくも呂阡は魅力的だと感じてしまった。

呂阡は、これ以上は無意味だと察する。

憑きものでも落ちたかのような柔らかい表情の万里は、一年以上共に過ごしてきて呂阡が初めて見る姿だった。

これこそが本当の、彼の本質だったのかもしれない。

「……あなたにはもう……内侍省は似合いませんね」

呂阡の精一杯の強がりだった。

目を掛けていた部下がどこかへ行ってしまうというのは、予想以上に呂阡を気落ちさせた。

「呂内侍、お世話になりました」

最後の最後で、今まで見たこともないような美しい拱手を向けてくるあたり、やはり彼はいつも一つ余計なのだ。

これ以上、引き留めることができなくなってしまったではないか。

ゆっくりと踵を返し、呂阡に背を向ける万里に声を掛ける。

しかし、もう止めようという気持ちはなかった。

ただ、答え合わせだけはしたいと思ってしまったのは、やはり呂阡の高すぎる矜持ゆえだったのだろう。

「春万里。ここを辞めた後はどうするつもりです」

万里は顔だけで振り向き、悪戯小僧のような顔をして口を開いた。

答えを聞いて、呂阡は緩く首を横に振った。

これ程、恨めしく思った正解もないだろう。

それから暫くして、宮廷では臨時の考試が行われたらしいという風の噂が流れた。

一体こんな中途半端な時期に誰が、そいつはどこに配属されるのだろうか、と様々な声が上がった。

しかし、臨時の考試自体はさほど珍しいことではなく、すぐに春風に流されるようにして忘れられたのだが――


「――それでは最後に、皆さんに紹介したい者がいます」

毎朝恒例。呈太医のまろやかな声で始まる太医院の朝礼。

医薬房と香療房の全員が揃って――と言っても、香療房に関しては月英一人しかいないため、毎朝月英が医薬房に顔を出して行われている。

いつもであれば、呈太医の皇族に関する健康報告から始まり、医官達の報告へと流れて終わるのだが、どうやら今日はまだ終わらないらしい。

紹介したい者とは、新たな医官でも配属されるということだろうか。

「誰だ、こんな時期に。また月英みてぇな臨時任官か？」

豪亮が首を捻る。

彼曰く、医官の場合、医学を卒業し無事に医官となった後は一斉に配属されるらしい。よって、このように突然にやって来ることは珍しいとのことだった。

「今度こそ、ガチで使えねぇ奴が来たらどうしようか」

豪亮の言葉に、医官達は月英を一瞥し天を仰ぐ。

口々に「使えても猿はごめんだ」「いや、隙あらば薬草を食おうとしない奴がいい」「陛下を陛下と認知してくれる人なら後は何でも」などとぼやいている。

まさか太医院に、薬草を貪り陛下に無礼を働く野生の猿が出るとは知らなかった。猫太郎達が襲われたら大変だし、今度からは注意しないと。

決意固く小さく拳を握った月英を、隣に立つ春廷だけが湿った目で見つめていた。

「では、入ってきなさい」

呈太医が扉の陰に視線を向ければ、浅葱色の医官服を纏った青年が、堂々とした歩みで房へと入ってくる。

「…………うそ」

入ってきた青年を見て、月英は眦が裂けんばかりに目を見開いた。目ばかりでなく口も、餌を欲しがる魚のようにパクパクしている。

隣の春廷を、これまた口をパクパクさせながら見上げれば、至極愉快そうに目を細められた。

しかも、驚きはそれだけでは終わらない。

「今日から、太医院の香療房に配属になった春万里です」

ただでさえ春廷と似た青年が来たことで皆ざわめいていたというのに、彼の配属先が分かると、どよめきとなって一気に房は騒がしくなった。

「〜〜っこれかぁ」

月英は、やられたとばかりに額を叩いた。

呆気にとられ口を開けっぱなしにしていれば、万里の視線が月英に向く。

何やら口の動きだけで言っている様子。

「ん？　えっと何々……『あ』『ほ』『づ』『ら』」

アホ面。

「おのれ――――っ、馬鹿万里ィィィィィッ‼」

月英は跳ぶようにして、彼の真っ新な浅葱色に掴み掛かった。

「初日からシワッシワになってしまえぇぇぇぇぇ‼」

方々から「猿が出たぞ！」「仕返しが地味だ！」と医官達が慌てて、万里の首元を絞めにかかっていた月英を引き離す。

月英から解放された万里は、医官服の首元をシワシワにしたまま楽しそうに大口を開けていた。

『お楽しみは寝て待ってて』と春廷に言われたが、はたしてこれは楽しみと呼んでも良いのだろうか。

「まあ、これからよろしくな、月英先輩」

万里はやはり、意地悪そうに口端をつり上げて笑うのだった。

「こんな後輩いらん！」

一人きりで静かだった香療房も、少しだけ賑やかになりそうだ。

朝っぱらからギャアギャアと騒がしい太医院。

こと半年くらい前から、一気にその騒がしさは増したように思われる。

開いた扉からは房の中の様子が丸見えで、小さいのが中くらいのに掴み掛かっては、威勢良く暴れ回っていた。それを医官達が手慣れた様子で止めに入ったり、周りで笑いながら見守っていたりしている。

その様子を、太医院の外から眺める者が一人――。

「どうしました、呂内侍？」

外朝へと向かう途中、突然足を止めた呂阡に内侍官が声を掛ける。

呂阡は、顔を正面へと戻すと「いいえ」とだけ答えて、止めた足を動かそうとした。

その時、「月英距離かぁぁぁぁぁん！」と聞き覚えのある声が、太医院の方から聞こえてきた。

再び視線をやれば、ちょうど燕明が皇帝にあるまじき速度で、太医院に駆け込んでいくところであった。

その後ろを付き従うように疾走する者は、彼の側近中の側近である藩季だろう。「面白すぎます燕明様！」と、謎に肩を痙攣させながらも全速力を保つ姿は、実に器用である。

二人が太医院に駆け込めば、賑やかさはさらに加速する。

「うわっ、騒々しい。いつにも増して太医院はうるさいですね」

内侍官が片耳を押さえながら、太医院に眇めた目を向けていた。

呂阡は鼻で笑って返事をする。

「全くですね。さあ、行きますよ。こううるさくては敵いません」

今度こそ呂阡は足を進めた。

背後へと遠ざかる喧騒。時折混じる誰かの笑い声。

「――実にお似合いですよ」

ぽつりと呟いた呂阡の口元は、ほんの少しだけ弧を描いていた。

外

「ひぃぃ、やっと解放されたぁ……あ、足が……」

月英は、ほうほうの体で香療房に辿り着くと、どっかと椅子に腰を下ろした。

燕明から、実に長々とした説教をもらってしまった。

やれ自覚が足りないだの、やれ対人関係の距離感を学べだのと。

しかし、そんなことを言われても困る。

同じ職場で働く者達なのだからどうしても距離は近くなるし、性別についてはむしろバレる気配さえない。

心配無用である。

燕明は新たに万里が香療師になったことで、香療房に男女が二人きりになってしまうという点を心配しているようだったが、どういう思考をすれば心配など生まれるのだろうか。

一緒に白国(ツアスト)まで旅して寝食を共にしているのだから、今更のような気もするが。

「あれ？　そういえば万里ってばどこに行ったんだろ」

房の中には月英以外に人の気配はない。

まあ、どうせ厠(かわや)とかだろう。

「にしても、香療師が二人か……」

同じ空間に、自分以外の温度があるというのも久しぶりである。

香療房ができて分かれてからも、時折医官達はやって来てくれていたのだが、やはり時にはあの騒がしさが恋しかったりもした。

「まあ、悪くはないかな」

きっと、これから少しずつ香療師も増えていくのだろう。

このがらんとした房も、医薬房のように少しずつ賑やかになっていくはずだ。

「そっか……もう僕一人だけの場所じゃないんだ」

それを嬉(うれ)しく思うと同時に、少しだけ惜しく感じる気持ちもあった。

確かに一人の時間は寂しくもあったが、宮廷内で息抜きができる貴重な時間でもあった。

「まあ、医薬房時代に戻っただけと思えば、それまでだけどさ」

一度、解放感を知った後では惜しくもなるというもの。

月英はふと思い立ったように腰を上げると、房の入り口から顔だけ覗かせ、キョロキョロと辺りを確認する。

そうして誰も訪ねてくる気配がないと分かると、ピシャリと香療房の扉を閉めた。

「ちょっとくらい大丈夫、大丈夫」

月英は医官服の胸元を開き、中のさらしを緩めた。汗ばんだ肌に触れた空気がヒヤリとして心地良い。

視線を胸元に落とせば、ささやかな膨らみがある。

それは、自分が女であるという証し。

「……これが亜妃様とかだったら、大変だったろうな」

月英は亜妃の豊かな胸元を思い出し、嘆息した。

身体は月英よりも小さいというのに、しっかりと女人であることが伝わる体つきであった。

燕明は、万里が性別に感づくことを心配していたようだが、内侍官であった彼は、亜妃のようないかにもな女人ばかり見ていたのだから、まさかこんなひょろっこいのを同じ女人とは思いもしないだろう。

「お、戻って来てたんだ」

「――ひんッ⁉」

前触れなく開けられた扉に、月英は飛び上がると同時に椅子の陰へ身を隠した。

「……何やってんだ、オマエ？」

椅子の陰で身を丸めている月英を、万里は片眉を跳ね上げ不審がる。

「い、いやぁ……はは。ちょっと落とし物を……」

急いで胸元を閉じ何事もないように振る舞えば、万里は「あっそ」とそれ以上特に気にした様子もなかった。

――あっぶなぁ……。

確かに香療房は月英専用室ではないし、職場の扉をいちいち叩く者はいないと思うのだが、それでももう少し前触れがほしい。せめて足音とか。

「万里、もう少し元気良く歩こう。先輩命令」

「先輩が今日もアホで困る」

瞼を重くして、溜め息と一緒に房へと入って来た万里だったが、よく見ればその手には植物が鷲掴まれている。

「万里、その手にしてるものって何？」

「おう、そうだ。オマエがいない時に廷が来てさ、なんかオマエがほしがってた植物が咲いたから採って行けって。オマエいなかったからさ、オレが代わりに採ってきたけどこれで良かったか？」

「……廷兄って呼べばいいのに」

「呼ぶか、この歳で」

確かに。しかし『アイツ』から『廷』へと呼び方が変わったのは、やはり前進だろう。

万里が作業台の上に植物をバサリと置く。

「うん、これこれ。そういえば頼んでたの忘れてた。ありがとう、万里」

「今からこれを精油にすんのか？」

「そうだよ――って、じゃあ一緒に精油を作ろっか。これは月桃（げっとう）って言ってね、花じゃなくて葉っぱから精油を作るんだ」

「ってことは、水蒸気蒸留法ってやつか」

「正解！　じゃあ早速準備していこう」

二人して花をむしったり、竈に火をいれたりと着々と準備していく。

やはり人手が二倍になると単純に作業も早くなるし、その点はありがたかった。

「なあ、これって――」という万里の呼び声に、月英は彼の脇（わき）からその手元を覗き込む。燕明がいたら「距離感！」と騒いでいただろうが、彼が何かに気付くような素振りはない。

――ほーら、やっぱり大丈夫だよ。

心配しすぎなのだ、燕明は。

月英は桶（おけ）を手にして入り口へと向かった。

「じゃあ、僕は井戸から水を汲（く）んでくるから、器具の組み立てよろしく」

とは言いつつやはり気になるのか、月英は歩きながらも、チラチラと振り返っては万里の手元に目を向けている。

「うーい――って、バカ！　前見ろ！」

気怠げに返事をした万里であったが、月英に顔を向けた瞬間、予想できた災難に声を上げた。

「え」

しかし、気付いた時には遅かった。

引き出したままにしていた椅子に月英は足を引っ掛け、あっけなく体勢を崩す。

――あ、これ絶対痛いやつ。

受け身をと思えど、手にした桶が邪魔をする。

両手を塞がれ、足元は椅子に邪魔され、月英は来る痛みに早くも薄らと涙を光らせていた。

――また医官の皆に怒られちゃうなあ。

早くも月英の脳内では、医官達が「気をつけろよ！」「大人しくしてろ！」と叫んでいた。

しかし、いくら待てども来る痛みは来なかった。

「……うん？」

「――っぶな……！」

寸でのところで手を伸ばした万里が月英の腰を抱き寄せ、地面との激突を防いでくれていた。

「バッカ、オマエ……それでも先輩かよ。もっと気を付けろよ」

「うへぇ、仰る通り。ごめん万里、助かったよ。でも桶を手放さなかったのは褒めて？」

無事な姿の桶を、したり顔で見せびらかす。

「まずは転けんな」

「ごもっとも」

月英が肩を小さくすぼめると、苦笑が背中から聞こえた。

「ったく……ほら、自分で立――――は？」

「あ」

上体を起こしてやろうとした万里の優しさと、月英の身嗜み（みだしな）に対するずぼらさが、至上最悪の形で実を結んだ。

万里の手は、しっかりと月英の胸に触れていた。

急に彼が帰ってきたことで、すっかりさらしを緩めたままだった胸に。

お互いが、そのままの状態で硬直していた。

互いの額には、ダラダラと嘘（うそ）のような汗が滲（にじ）んでいる。

確認するように、万里の手がぎこちなく動く。

手の下には、ささやかだが男には無い確かな膨らみがあった。

「――っふ」

「――っう」

月英の手から桶が落ち、騒がしい音を立てた。

「ふぎゃあああああああああああああ！！！」

「うぅうぅおわあああああああああああああああ！？！？」

さらば、短かった香療師生活。


【了】

あとがき

お久しぶりです、巻村螢です。

この度は『碧玉の男装香療師は、』二巻をお手に取ってくださいまして、誠にありがとうございます。こうして、再びあとがきで皆様にお会いできる日が来るとは思ってもみませんでした。すべては読者の皆様が応援してくださったおかげです。感謝申し上げます。

さて、二巻ということで新キャラが増えました！

主にいじらしい女の子と、生意気な弟と、いかついパパです。あと神経質な長官も。

皆さん、威勢は良いけどその実メチャクチャ繊細犬系男子は好きですか？

私は好きです。喜怒哀楽振り回してこちらを殴ってくるのが微笑ましいです。

皆さん、見た目は清楚可憐だけど中身荒野育ちみたいな女の子は好きですか？

私は好きです。言葉より先に弓がでちゃう系女子良いと思いませんか。

皆さん、パパは（ry
そういうわけで新キャラも登場し、舞台も宮廷内から後宮、北の地までと広がり、猫も増え、より一層賑やかな世界となってまいりました。

作中では詳しく書かれませんでしたが、きっと春兄弟の仲直りは騒がしかったと思います。

「おい聞けって、廷！」「いやっ！　ちょっとまだワタシの心の準備が！」「ずっと準備中だろうがよ！」とか何とか叫びながら医薬房で追いかけっこして、最終的に豪亮が「うるせぇ！　外でかたつけてこい！」ってつまみ出していそうです。

一巻は、世界からはじき出された月英が、人との関わりを通して世界と繋がっていくお話。

二巻は、家族というものを知らない月英が、自分が持てないモノだったからこそ大切にしてほしいと、周囲の関係修復に奔走するお話でした。

月英が少しずつ何かと誰かと繋がる度に、彼女の世界は広がっていきます。最終的には世界の端まで広がってくれればなと願っております。

そして実は、さらに彼女の世界を広げること――三巻も書けることが決定いたしました。

そしてそして、三月からはコミカライズも始まりました。本当に本当に嬉しいです！

何やらトラブルの気配のする二巻ラストでございましたが、ぜひ三巻を楽しみにしていただければと思います。宮廷も後宮も皆、月英が元気に振り回していきます！

こうして二巻、そしてその続きまで書かせていただけますのは、偏に支えてくださる皆様がいらっしゃるからです。月英達キャラを深く理解してくださっている編集者様、魅力的なイラストを添えてくださるこずみっく先生、素敵なコミカライズを手がけてくださるゆまごろう先生、刊行を支えてくださった関係者の皆様、誠にありがとうございます。

そして、どうかまた皆様とお会いできますように。

～あなたの周りに素敵な物語があふれますように～

巻村　螢

カドカワBOOKS

碧玉の男装香療師は、二
ふしぎな癒やし術で宮廷医官になりました。

2023年 4 月10日　初版発行

著者／巻村　螢

発行者／山下直久

発行／株式会社KADOKAWA

〒102-8177
東京都千代田区富士見2-13-3
電話／0570-002-301（ナビダイヤル）

編集／カドカワBOOKS編集部

印刷所／暁印刷

製本所／本間製本

※定価（または価格）はカバーに表示してあります。

●お問い合わせ
https://www.kadokawa.co.jp/（「お問い合わせ」へお進みください）
※内容によっては、お答えできない場合があります。
※サポートは日本国内のみとさせていただきます。
※Japanese text only

Printed in Japan
ISBN 978-4-04-074929-7 C0093

新文芸宣言

かつて「知」と「美」は特権階級の所有物でした。

15世紀、グーテンベルクが発明した活版印刷技術は、特権階級から「知」と「美」を解放し、ルネサンスや宗教改革を導きました。市民革命や産業革命も、大衆に「知」と「美」が広まらなければ起こりえませんでした。人間は、本を読むことにより、自由と平等を獲得していったのです。

21世紀、インターネット技術により、第二の「知」と「美」の解放が起こりました。一部の選ばれた才能を持つ者だけが文章や絵、映像を発表できる時代は終わり、誰もがネット上で自己表現を出来る時代がやってきました。

UGC（ユーザージェネレイテッドコンテンツ）の波は、今世界を席巻しています。UGCから生まれた小説は、一般大衆からの批評を取り込みながら内容を充実させて行きます。受け手と送り手の情報の交換によって、UGCは量的な評価を獲得し、爆発的にその数を増やしているのです。

こうしたUGCから生まれた小説群を、私たちは「新文芸」と名付けました。

新文芸は、インターネットによる新しい「知」と「美」の形です。

2015年10月10日
井上伸一郎

化物どもは王宮ごと
燃やし尽くすのが
一番だ！